AF571031

Renate Sültz & Uwe H. Sültz

SCIENCE FICTION & CO.

BoD- Books on Demand

Norderstedt 2016

Bibliografisch ion durch die
Deutsche ibliothek

Die Deutsche Nationalbibliothek verzeichnet diese Publikation in der Deutschen Nationalbibliografie; detaillierte bibliografische Daten sind im Internet über http://dnb.dnb.de abrufbar.

Herstellung und Verlag:

BoD – Books on Demand, Norderstedt

ISBN 9-78383-9-14851-8

Inhalt

STAR MARSHAL – Police in the Universe

„Wer fällt denn noch auf so einen alten Ganoventrick herein, das gab es im 19. Jahrhundert, doch nicht heute?“, fragte Marshal Stan Thor das Hauptquartier STAR MARSHAL OFFICE auf dem Mars. „Man versucht es eben immer wieder. Also, Marshal, ihr Auftrag lautet: Befreiung des Raum-Frachtschiffs DEMEGON 88. Stellen sie Ihre Mannschaft zusammen, in zwei Stunden steht der Einsatz an!“, so ertönte es über L-Com!

L-Com wurde bereits kurz nach Erreichen der doppelten Lichtgeschwindigkeit erfolgreich in der Kommunikation zwischen Raumschiff und Raumstation eingesetzt. Es gleicht den Zeitunterschied bei Lichtgeschwindigkeit aus. Ich glaube, korrekt heißt es „Lichtgeschwindigkeits-Ausgleich-Kommunikator“.

Nun, ich bin die Sicherheitsbeauftragte des STAR MARSHAL OFFICE. Alle zwei Jahre werden alle Teams überprüft. Burn Out und andere Krankheiten darf es bei uns nicht geben, denn oft hängt das Leben von Menschen davon ab, ob die Marshals ihre Aufgaben gut erledigen. Mein Name ist Lydia McGregor. Wir befinden uns im 25. Jahrhundert... wir fliegen mit Überlichtgeschwindigkeit. Der Körpertransporter und viele andere nützliche Entwicklungen gehören heute zum Alltag. Waffen dürfen in unserem Raumsektor nur noch von den Marshals getragen werden, daher auch die ständigen Kontrollen. Insgesamt haben sich alle 128 Planeten in unserer Galaxis dem STAR MARSHAL OFFICE, der Polizei im Universum angeschlossen. Trotzdem kommen immer wieder Übergriffe vor, wie dieser Fall es zeigt. Ein scheinbar gleich aussehendes Marshal-Raumschiff stoppte den Frachter DEMEGON 88 und überwältigte die Besatzung, um die Fracht zu übernehmen, so vermutet es das Hauptquartier auf dem Mars. „Marshal Stan Thor an Hauptquartier MARS 01. Meine Mannschaft ist vollzählig. Fast zumindest. Auf dem Weg zum

Einsatzort nehme ich noch Deputy Krogon vom Planet Trogon auf!“ „Deputy Krogon? Zieht er sich nun endlich eine Uniform an oder läuft unser haariger Deputy immer noch nackt herum? Ha, ha, ha!“, fragte das Hauptquartier nach. „Ja, ich amüsiere mich auch, noch nicht einmal seine Strahlenwaffe ist in seinem dichten Pelz zu erkennen!“, lachte Stan ins L-Com. „Aber er kann seine Gestalt verändern und ich weiß nicht, was mich erwartet. Da kein Polizei-Raumschiff als gestohlen gemeldet wurde, kann es sich eventuell um die Trüpiden handeln. Sie sind vor fünf Jahren in unsere Galaxis eingedrungen und können das Aussehen von Materie verändern!“, so Marshal Thor. „Alles okay, Marshal! Ich melde dem Außenposten auf Trogon, dass sie unterwegs sind! Viel Erfolg!“

Mit sechsfacher Lichtgeschwindigkeit nahm das Raumschiff STAR MAR 8 Kurs auf das Frachtschiff. In etwa sechs Stunden werden wir in Sichtkontakt sein. Zeit genug, um etwas über das 25. Jahrhundert zu sprechen. Die Wissenschaft dominiert dieses Jahrhundert. Es ist faszinierend, neue Sterne zu besuchen, andere Lebensformen und deren Ansichten und Kulturen zu hören, zu sehen und zu studieren. Das Leben um zu lernen und zu leben hat Priorität. Kriege, Habgier und Neid gibt es nicht mehr... schon lange nicht mehr. Wer jemals die Sonnenuntergänge des Doppelsterns Nortbehn und Kortbehn auf dem Planeten Drillus am Strand erlebt hat, wird nur noch leben und genießen wollen. Zunächst erscheint der Himmel blau, dann wechselt er in alle Regenbogenfarben über. Die Sterne gehen unter, die drei Monde gehen mit den Farben rot, gelb und orange auf. Man merkt nicht mehr, wie viele Stunden man am Strand liegt. Nur die Müdigkeit zwingt uns, die Augen zu schließen und einzuschlafen.

„Die Mannschaft versammelt sich in 30 Minuten im Besprechungsraum!“, hörte man über L-Com. Ich war sehr gespannt, wen Marshal Thor für sein Team ausgewählt hat. Zuerst erschien Einsatzleiter Stan Thor. Es folgten die Marshals Gains, Korogon vom Planet Amesis, Stark von Demus, Ricardo von der Erde und die Deputys Norgon und Fenston von der Einsatzzentrale Kredok 07, sowie der stark körperbehaarte Krogon. Ich lachte innerlich, denn seine Waffe war wirklich nicht in der gewaltigen Haarpracht zu erkennen. „Wir wissen nicht, mit wem wir es zu tun haben, die Besatzung wird in Lebensgefahr sein, sie hat keine Waffen. Wir gehen nach Plan YTZ 544 vor, machen sie sich mit den Gegebenheiten vertraut!", kündigte Marshal Thor an. Etwa zur gleichen Zeit kam der Funkruf vom Außenposten Trogon: „Verschlüsseltes Signal an STAR MAR 8. Die Eindringlinge in dem Frachtschiff fordern die Technologie der Überlichtgeschwindigkeit von uns. Das STAR MASHAL OFFICE bestätigt Vorgehensweise YTZ 544. Viel Erfolg!"

Unser Raumschiff näherte sich dem Einsatzort. „Projektion einschalten, Antrieb

auf null, Die Mannschaft steigt in die Raumanzüge. Lydia McGregor, Sie bleiben mit der Raumschiffbesatzung an Bord und geben über L-Com Bericht!“, befahl Marshal Thor. Die Projektoren wurden eingeschaltet, das bedeutete, dass unser Raumschiff nicht sichtbar war, denn der Weltraum dahinter wurde vor unser Raumschiff projiziert, Ingenieur Nok Norgon vom Planet Fenston hat dieses System entwickelt. Sein Sohn ist heute hier bei dem Einsatz mit dabei. Ein Antrieb war nicht mehr nötig, denn das riesige Frachtschiff zog unser Schiff langsam an. Es waren noch etwa 100 Kilometer. Erstaunlich, dass wir nicht gesehen wurden, die Projektion war eine gute Erfindung. Bei 20 Kilometern stoppten wir. Die Schiffsbesatzungen aller Marshal-Schiffe arbeiteten eingespielt.
„Warum wird der Körpertransporter nicht eingesetzt?“, fragte ich Captain Nemweg.
„Die Marshals wissen nicht was sie dort erwartet, früher nahmen Eindringlinge die Besatzung als menschlichen Schutzschild. Außerdem lässt sich ein Energieausstoß von

unserem Schiff aus messen“, antwortete der Captin. Ich sah, wie aus einer Luke die Polizei-Truppe in Raumanzügen die letzten 20 Kilometer zum Frachtschiff flog. „Ist das Teil von Plan YTZ 544?“, fragte ich. „Korrekt! Auch, dass wir nun unsere Waffen auf das gegnerische Schiff richten, sowie ein 100.000 Volt Stromschlag auf den Frachter. Das lähmt die Eindringlinge und die Besatzung sofort und der Bordcomputer stürzt ab!“, erklärte mir der Captain. In der Zwischenzeit war die Eingreiftruppe am Frachter angekommen. Der Frachter DEMEGON 88 stammte aus der Baureihe 0088.1 vom Planet Fenston. Er besaß Luken, die mit der Frequenz 8,654 GHz in Notfällen zu öffnen waren. Diese Information besaß aber nur das Office, und das ist auch gut so. Die Marshals und Deputys waren nun in einem Gang, der Schiffswand und Arbeitsräume trennte. „Tatsächlich, es sind die Trüpiden. Über etliche Jahrhunderte und von Generation zu Generation reisten sie im Tiefschlaf in unsere Galaxis, um nach Beute zu suchen. Sie haben zwar die

Technologie, sich in andere Wesen zu verändern, auch ihr Schiff haben sie verändert, aber sie beherrschen nicht die Überlichtgeschwindigkeit", flüsterte Thor den anderen über L-Com zu. „Korrekt, Marshal, ich verwandle mich nun in einen von ihnen"„ sagte Krogon. Und plötzlich stand ein Trüpide vor Marshal Thor. Und man sah sogar, wie viele Waffen Krogon unter seinem Pelz trug. „Junge, du bist ja gut bestückt!", staunte Stan. Wie aus dem Nichts stand Krogon neben einem der Trüpiden. Krogon überwältigte ihn. Die Polizei-Truppe kam hinter der Trennwand hervor. Im Mannschaftraum wurden die Besatzungsmitglieder gefangen gehalten. „Die Eindringlinge sind stark bewaffnet", sagte der Ingenieur des Frachters, „außerdem sind überall Sprengsätze versteckt. Wir alle sitzen in der Falle!" „Marshal Thor an Lydia McGregor. Plan YTZ 544 ist zu ändern. Statt das gegnerische Schiff zu vernichten, ist die dreifache Menge an Stromschlägen auf das Schiff der Trüdiden zu richten. Auf den Frachter die normale Menge! Autorisieren Sie dies und geben dem Captain den Befehl!“, funkte der Marshal. „Aber Sie werden auch vom Stromschlag erfasst!“, sagte ich. „Ja, aber hier sind Bomben verteilt, die Trüpiden haben sich gut abgesichert! Wenn wir bewusstlos sind, ist das Frachtschiff von euch zu entern!“ Captain Nemweg lud die Kondensatoren. Drei, zwei, eins ... Stromstoß! Bei beiden Schiffen gingen die Lichter aus! Auch die Marshals lagen flach! Ich war bei der Entermannschaft dabei. Sofort kümmerte ich mich um die Polizisten. Mit dem Antiverkrampfungs-Gerät ließ ich die Truppe aufwachen. Sofort wendeten sie den Körpertransporter an und durchforsten das gegnerische Schiff. Deputy Norgon fand den Konverter zur Umwandlung von Materiestrukturen in ein anderes Aussehen. „Es wird unsere Allianz stärken im Kampf gegen das Böse!“, triumphierte er. Die überwältigte Mannschaft der Trüpiden wurde auf ihr Schiff gebracht, ein nicht mehr zu korrigierender Kurs auf ihre Heimat gesetzt und mit der Botschaft losgeschickt:

„Kommt wieder in Frieden ... die Polizei im Universum!“

Das Jahr 3166 – Heimkehr der Menschheit

Sie sind schon lange unter uns und im Laufe der Jahrhunderte glichen sie sich immer weiter an. Heute sehen alle so aus wie wir. Die Alora! Die Alora sind auf dem Planet G 7 B 97 beheimatet, sie nennen ihn Groda. Groda bedeutet „Geliebte Heimat“. Die Alora sind ein sehr fortschrittliches Volk. Da ihr Planet viel eher für Leben entwickelt war, sind sie den Menschen auf der Erde überlegen. „Non schtock tui!“, schrie der Raumschiff-Pilot, was so viel bedeutet wie: „Wir stürzen ab!“ Das Raumschiff landete mit letzter Kraft in Ost-Afrika. Warum das

Raumschiff im Jahr 1165 abstürzte, blieb ein Geheimnis. Es war eines der modernsten Raumschiffe mit Zetron-Energie, wir kennen es als „Dunkle Energie“. Für die 241 Lichtjahre benötigte das Raumschiff gerade einmal 436 Stunden und 32 Minuten nach Erdberechnung. Die Besatzung bestand aus 62 Mitgliedern. Sofort begannen sie mit dem Aufbau des Teleportations-Apparates. Etwa 4.000 Alora warteten auf ihrem Planeten, um die Erde zu besuchen und dort zu leben. Auf keinen Fall waren die Alora ein egoistisches Volk, im Gegenteil, sie wollten teilen und den Weltraum zu einer großen Familie machen. Frühzeitig entwickelten sie eine Art Kopfbedeckung mit Sensoren, Sendern und Empfängern. So kommunizierten sie untereinander ohne gesprochene Worte. Ihre Gehirne veränderten sich mit der Zeit, sodass es auch ohne diese Kopfbedeckung klappte. Aber für die Menschen auf ihrem Gastplaneten Erde, brachten sie 10.000 von diesen „Mützen“ mit. Ein automatischer Sprachen-Wandler, der auf Basis von

Gefühlen arbeitete, war integriert. Die Alora zogen von Afrika aus in die ganze Welt. Sie vermehrten sich und ihre Nachkommen glichen immer mehr den Menschen auf der Erde. Bereits 300 Jahre später konnte man nicht mehr unterscheiden, wer mit wem, denn die Liebe brachte viele Menschen und Alora zusammen. Auch die Kommunikation ohne gesprochenes Wort verfeinerte sich. Während sich auf diese Art und Weise auf der Erde eine neue Gattung entwickelte, wurden auf dem Planet Groda die Teleportation und der Kälte-Schlaf weiterentwickelt. Man konnte auf der Erde mit den vorhandenen 10.000 Mützen kommunizieren. Die Gehirne wurden von Generation zu Generation angepasst, so dass eine direkte Kommunikation möglich war. Menschen und Alora lebten in Harmonie auf der Erde zusammen. Zumindest die Menschen, die Frieden suchten. Sie hielten sich fern von den Unruhen und Kriegen auf diesem wunderschönen Planeten. Jedoch wurde im Zweiten Weltkrieg, 1942, der

Teleportations-Apparat zerstört, da man das Gerät für eine Bombe hielt. Die Apparatur sendete als letztes Signal die Worte „Krodelling ... Krodelling ...“ Die bedeuteten Evakuierung. Menschen und Alora hatten mittlerweile den Plan, dass sie auf den wunderschönen Planeten Erde zurückkommen wollten. Vom Planet Groda aus, wurde dies organisiert. Es dauerte gerade einmal achtzehn Stunden und alle Menschen, alle Alora und deren Nachkömmlinge, wurden auf den Planet Groda gebracht und in einen Tiefschlaf versetzt.

Wir schreiben das Jahr 3166 auf der Erde. Die Menschheit ist vernichtet. Über zwanzig schwere Kriege überlebte niemand. Die Bewohner des Planeten Groda mussten alles mit ansehen. Nun wurden Menschen und Alora wieder zur Erde gebracht. Mit Werkzeugen ausgerüstet erschufen sie eine neue „alte Heimat“.

„Captain Cliff Danzer an Basis-Kontrolle! Wir senden erste Aufzeichnungen und Analysen der Sonden aus dem Schwarzen Loch zu. In der äußeren Umlaufbahn können wir noch etwa vier Stunden verbleiben, dann folgt der Rücksturz in den freien Raum." Cliff Danzer ist Raumschiffkommandant der GLOBAL PEACE TWO. Das Raumschiff ist mit modernster Technik des 26. Jahrhundert ausgerüstet, um Schwarze Löcher im Universum zu untersuchen. Die 126 Crewmitglieder sind meist Wissenschaftler, da das Raumschiff vollautomatisch von einem Supercomputer der Helos-8000-Serie gesteuert wird. Hauptbestandteil des Bionetic-Computers ist das verstorbene Gehirn von Professor Dan Laurenson, der die Helos-Serie entwickelt hatte. Die Helos-6000-Serie hatte bereits das Universum erklärbar gemacht. Die 7000-Serie entwickelte dann die STIT-Weltraumreisen, „Space Travel Immediately There". Dabei bedient man sich der Dunklen Materie, die überall im Universum vorhanden ist. Wie Professor Dan Laurenson es erkannte: „Das HIER ist auch sofort das DORT im Universum, man muss nur die Dunkle Materie und die Dunkle Energie verstehen!“ Mit dem Raumschiff GLOBAL PEACE TWO war man nun in der Lage, sofort hier und überall dort zu sein. Man nutzte zwar die Dunkle Materie, aber es standen immer noch Fragen an, genauso wie bei den Schwarzen Löchern. Nun aber sollten die letzten Geheimnisse gelüftet werden. „Die Sonden sind zum Start bereit“, verkündete Ingenieur Robert Woggon. „Captain an Helos, Start durchführen, Aufnahme und Analyse starten. Captain Status Delta 58“, sagte Danzer auf der Brücke. Die Sonden starteten und wurden sogleich vom Schwarzen Loch angezogen. Gespannt sahen alle Crew-Mitglieder auf ihre Monitore. Sie sahen, wie die Sonden wie Spagetti gedehnt wurden. Aber sie übertrugen weiterhin Daten und Bilder. Es war unwahrscheinlich grell im Schwarzen Loch. Immer schneller wurden die Sonden angezogen. Immer höher wurde die Rechenleistung des Computers Helos. Gleichzeitig wurden alle Daten in Richtung Erde gesendet. 30.000 Lichtjahre waren zu überbrücken. Wie gesagt, das funktionierte nur mit STIT. Auf der Erde sah man gespannt zu. „Basis-Kontrolle an GLOBAL PEACE TWO. Täuscht es oder steht ihr alle wirklich bewegungslos vor den Monitoren?“, so ertönte es aus der Kommunikation. Und in der Tat, die Crew bemerkte nicht, dass durch die gewaltige Rechenleistung Helos am Leistungsende war. Langsam driftete das Raumschiff zum Kern des Schwarzen Lochs. Jeder Meter pro Sekunde kam es der Crew wie Stunden vor. Die Informationen, die Bilder und die Eindrücke, waren an den Bildschirmen atemberaubend. Noch nie sah man Atome, Protonen, Neutronen und Elektronen langgezogen wie Regenwürmer. Noch nie sah man gedehnte Lichtpartikel eines Lichtstrahls.

„Basis-Kontrolle an BLOBAL PEACE TWO! Ihr müsst den Rückschub starten! Sofort! Ihr werdet zu stark in das Loch gezogen!“
Keine Reaktion auf dem Raumschiff. Niemand rührte sich. Die Kontrollen der Herzfunktion zeigten einen Schlag pro Stunde an. Aber alle Informationen wurden weiterhin zur Basis-Kontrolle gesendet. Ob, wie und was die Crew nun alles sah, auf der Erde konnte man es nur ahnen, denn die Bilder sendeten ununterbrochen weiter. Es wurde heller und heller. Die Kameras der Raumschiffbrücke sendeten nun nicht mehr, die Außenkameras funktionierten noch einwandfrei, wahrscheinlich brach das Raumschiff bereits auseinander. Auf den Bildschirmen waren nun grelle Strudel zu sehen. Waren Kameras tatsächlich durch das Schwarze Loch gezogen worden? Dann vermutete man am Ende des Schwarzen Lochs wieder den dunklen Weltraum. Die Bildschirme blieben aber hell. Hin und wieder dachten einige Wissenschaftler in der Basis-Kontrolle, dass sie Gesichter gesehen haben wollten oder Schleier.

Nichts Genaues wusste man. Die Kameras blieben über Jahrzehnte eingeschaltet. Vielleicht zeigen sie auch heute noch etwas an. Nur erlebte dies der Leiter der Basis-Kontrolle und Freund von Cliff Danzer, Jack Townsend, nicht mehr. Seine letzten Stunden verbrachte er in den Armen seiner Frau. „Gehe zum Licht“, flüsterte Amy ihrem Mann zu. „Ich sehe Hände, Hände die mich tragen wollen, Hände, die mich nach oben ziehen wollen. Ich sehe in der Ferne ein Licht. Es kommt näher und näher“, sprach Jack. „Gehe darauf zu, bitte“, flüsterte Amy weiter. „Ich sehe ein Gesicht. Die Hände tragen mich weiter zum Licht. Es... es ist... nein... ich kann es kaum glauben... es ist mein Freund Cliff. Ich liebe dich, Amy. Ich weiß nun, wir sehen uns wieder.“ Jacks Seele löste sich vom Körper und stieg zum Licht auf. „Hallo mein lieber Freund“, so wurde Jack von seinem Freund Cliff empfangen. „Ich habe diese Gestalt kurz angenommen, damit du mich erkennst. Ansonsten sind wir formlose Energiewolken in dieser Dimension. Es ist die Dimension aller guten Seelen, aller Universen, in einem unendlich großen Raum, dem Omnium. Als wir mit dem Raumschiff vom Schwarzen Loch angezogen wurden, trennte sich der Geist vom Körper. Der Körper wurde in alle Einzelteile zerlegt und komprimiert. Der Geist dagegen erhielt freien Durchgang direkt ins Licht, direkt in die nächste Dimension. Nun komm mit mir, mein Freund, deine Familie und Freunde erwarten dich bereits."

Es ist also alles ein großer Kreislauf auf der Erde, im Universum, im Leben, in der Liebe, im Nichts, denn das Nichts ist Etwas!

Unsere Galaxis ist aufgeräumter geworden, nicht etwa was die Sterne und Planeten angeht, es geht um die Kriminalität. Im 25. Jahrhundert schlossen sich 128 Planeten unserer Galaxis zusammen und gründeten das STAR MARSHAL OFFICE. Diese Polizei im Universum hat ihr Hauptquartier auf dem Mars. Der Mars ist Lebensraum für viele Menschen geworden, aber auch viele Außerirdische leben in Städten wie Lincoln oder Grosnau. Über den Präsidenten Abraham Lincoln wissen wir natürlich vieles, auch Jahrhunderte später. Krock Grosnau ist das Oberhaupt des Planeten Amesis. Gerade er war es, der für Gerechtigkeit und Ordnung in unserer Galaxis, der Milchstraße, plädierte und die restlichen 127 Planeten zusammenbrachte. Auf dem Mars entwickelten sich mittlerweile 80 Städte. Ein Hauptgrund den Mars zum Hauptquartier zu machen, war es, dass seine Anziehungskräfte geringer sind, als auf der Erde. Denn Ursprünglich wurde die

Erde als Zentrale der POLICE IN THE UNIVERSE auserwählt. Außerdem kreisen ständig 8 Polizei-Raumschiffe um den Mars.

„Hauptquartier an Marshal Stan Thor. Bitte melden sie sich im Einsatzkommando auf dem Mars im Star Marshal Office Raum 34.“, ertönte es aus dem L-Com. Stan Thor arbeitete gerade wieder an einem uralten Colt. Im Entspannungsraum kämpfte er immer gegen virtuelle Gegner. Das waren auch schon einmal Billy the Kid und andere Revolverhelden. Seine Gedanken waren oft bei seinem Großvater. Greg Thor erzählte seinem Enkel oft etwas über die Vergangenheit. Da war eben immer dieser Sheriff aus Omaha in Nebraska am Missouri. Opa nannte ihn immer nach seinem Enkel Stan. So entstand ein Sheriff im Wilden Westen in der Erinnerung von Stan Thor. Der Star Marshal legte den alten, aber frisch geölten Colt beiseite und meldete sich über L-Com. „Thor, Stan Thor hier über L-Com. Was gibt es?“ „Hier General Jackson vom Mars Hauptquartier. Stan, komm‘ in die

Klamotten, dein Einsatz wird benötigt. Ich freue mich, dass du diesen Fall übernimmst. Wir haben uns ja lange nicht gesehen. Wir wollen uns nach deinem Einsatz treffen, geht das klar?“, fragte der General. Clint Jackson und Stans Vater waren Pioniere des STAR MARSHAL OFFICE. In den Anfangszeiten kämpften sie Rücken an Rücken für Recht und Ordnung. „Geht klar, General. Ich freue mich von dir zu hören.“, antwortete Stan. Der General weiter: „Gut, ich übergebe jetzt an Botschafter Kongros vom Planet Mendrok... ... ... Marshal, wir benötigen ihre Hilfe. Ich habe über geheime Kanäle erfahren, dass eine unbekannte Macht die Führung unseres Heimatplaneten bedroht. Es wird wohl wieder um Erze gehen. Ich gebe den Einsatzbefehl KL-456-UG4.“ „Ich habe verstanden, Botschafter. Meine Mannschaft stelle ich sofort zusammen. Ich werde über L-Com Kontakt zu ihnen halten.“, so der Marshal. L-Com ist die Sprach- und Bildübertragung im 25. Jahrhundert. Da die Raumschiffe mit weit über der Lichtgeschwindigkeit fliegen, muss der Zeitunterschied zwischen Raumschiffen und Raumstationen ausgeglichen werden. Die genaue Bezeichnung lautet: Lichtgeschwindigkeits- Ausgleich-Kommunikator, nach dem Erfinder Professor Elias Wardenga aus Deutschland.

Marshal Stan Thor machte sich nun daran, die Mannschaft aufzustellen, die für diesen Einsatz am geeignetsten zu sein scheint. In seiner Bibliothek sind alle Frauen und Männer des STAR MARSHAL OFFICE vertreten. Jetzt musste er nur noch die Verfügbarkeit abrufen. „Hoffentlich ist Korogon vom Planet Amesis abrufbereit. Er kennt seinen Heimatplanet am besten.“, murmelte Stan, auf dem Bildschirm schauend, so vor sich hin. „Ach, ich werde ihn sofort kontaktieren.“ Stan nahm das Mikrofon und schaltete L-Com auf senden. „Stan Thor über L-Com an Marshal Korogon... bitte melden... Dringlichkeitsstufe 999ROT3.“ Jetzt konnte es einige Zeit dauern bis der Kontakt hergestellt wird. Der Lichtgeschwindigkeits-

Ausgleich-Kommunikator musste schließlich viel berechnen. War Marshal Korogon nur „um die Ecke“ oder viele Lichtjahre entfernt zu finden? Stan Thor schrieb in der Wartezeit seine Liste weiter zusammen. „Mmh... auf jeden Fall will ich Gains dabei haben, auf jeden Fall.“ Marshal Greg Gains war Stans Freund seit der Kindheit. Beide gingen den Weg der Polizei-Schule gemeinsam. Beide konnten sich jederzeit aufeinander verlassen. Beide retteten sich viele Male gegenseitig das Leben. Greg Gains ist seit 20 Jahren verheiratet, 2 Kinder, ein Haus in Florida. Es war eines der letzten Grundstücke in Florida, welches durch den Präsidenten vergeben wurde. Gains war maßgeblich daran beteiligt, dass der Präsident heute noch lebt. „Hi, hier Korogon. Alles Roger bei dir, Stan?“, ertönte es aus dem L-Com. „Na, du wirst ja auch immer amerikanischer, Korogon. Ich freue mich, dass du dich meldest.“, sagte Stan Thor. „Ist doch klar. Ich habe bereits auf deinen Anruf gewartet. Auf meinem Heimatplanet ist ja wohl die Hölle los.“, so

Korogon. „Stimmt, gib mir doch bitte Informationen. Um welche Erze handelt es sich?“, fragte Stan Thor. „Krysilium, Stan, es handelt sich um Krysilium. Es ist leicht zu verarbeiten. Wird Krysilium langsam unter Druck gesetzt, dann gibt es kontinuierlich seine Energie frei. Schlägst du auf Krysilium, dann explodiert es mit einer unvorstellbaren Kraft.“, erklärte Marshal Korogon. „Unglaublich, dieses Krysilium. Übrigens, wo bist du gerade?“, so die Frage von Marshal Thor. „Ich stehe bei dir vor der Tür! Haste mal ein Bier?“

Jetzt gingen die Marshals die Liste durch. Sie entschieden sich für Marshal Gains, Marshal Stark vom Planet Demus, Marshal Ricardo von der Erde, sowie die Deputys Norgon und Fenston von der Einsatzzentrale Kredok 07. Dazu kommt natürlich noch die ständige Besatzung des Polizei-Raumschiffs STAR MAR 8.

Keine 12 Stunden später startete dann das Raumschiff. Bis zum Planet Mendrok waren es gute 3 Tage Flugzeit bei 6-facher

Lichtgeschwindigkeit. „Marshal Stan Thor an das Mars Hauptquartier.“ „Hier Mars Hauptquartier, bitte sprechen sie, Marshal.“ „Wir sind auf dem Weg zum Einsatzort. Bitte übermitteln sie alle Informationen und Daten über L-Com. Wir melden uns und geben einen Statusbericht. Marshal Stan Thor... Ende.“

Kurz vor ihrem Ziel ging die STAR MAR 8 auf Unterlichtgeschwindigkeit. Provokativ und siegessicher patrouillierten drei Raumschiffe versetzt um den Planet Mendrok. „Projektor einschalten!“, befahl Marshal Thor. Der Ton wurde nun Ernst. Vorbei mit „haste mal ein Bier“, jeder war sich der Aufgabe bewusst. Jeder wusste, dass Krysilium eine ungeheure Macht in den Händen von Terroristen ist. Jeder war aber auch bereit, sein eigenes Leben für viele Milliarden Lebewesen im Universum zu opfern. Denn es sind die Star Marshals, die im Weltraum für Recht und Ordnung sorgten. „Projektor ist eingeschaltet, Marshal.“, verkündete der Navigator der

STAR MAR 8. Der Projektor projizierte nun den Weltraum, der hinter dem Raumschiff zu sehen war, vor das Raumschiff. Dazu waren insgesamt 8 Projektoren nötig, die an allen Ecken des Schiffs eingebaut waren. Marshal Korogon rief: „Es sind Trüpiden-Schiffe!“ „Erkläre das genauer.“, antwortete Stan Thor. „Mit den Trüpiden hatte wir schon einmal zu tun. Über etliche Jahrhunderte und von Generation zu Generation reisten sie im Tiefschlaf in unsere Galaxis, um nach Beute zu suchen.“, erklärte Korogon.

„Ich orte zwei verschiedene Arten von Lebensformen im Amtssitz auf dem Planet Mendrok.“, analysierte der erste Offizier der STAR MAR 8. „Und ich erkenne auf dem Bildschirm ein weiteres Schiff der Trüpiden.“, sagte der Navigator aufmerksam. „Typisch.“, erkannte Marshal Korogon. „Sie halten unsere Politiker gefangen und erzwingen Beute. Dann folgt der Raumfrachter zur Verladung.“ „Vorschläge!“, rief Stan Thor in die Runde.

„Wir vernichten die drei Raumschiffe und den Frachter!“, brachte sich Deputy Norgon ins richtige Licht. „Es ist noch ein weiter Weg zum Marshal für dich.“, antwortete Marshal Stark. „Sorry.“, so der Deputy kleinlaut. „Krogon, kommen wir unbemerkt in euren Amtssitz?“, fragte Stan Thor. „Ja, wir Marshals vom Planet Mendrok haben die Codes für die fünf unterirdischen Fluchtgeheimgänge.“

„Gut, dann arbeiten wir jetzt einen Plan aus. Wieviel Zeit haben wir bis zum Eintreffen des Frachters?“, so Marshal Thor. „Etwa zwei Stunden.“, schätzte der Navigator. Nach 43 Minuten stand der Plan. Die Körpertransporter sollten die Marshals und Deputys in die unterirdischen Geheimgänge befördern. „Hoffentlich stimmen alle Koordinaten, mein lieber Freund Korogon. Sonst war es das mit dem Bier, dann werden wir in einem Felsen materialisiert.“, lachte Marshal Stan Thor. „Ich habe alle Daten so gut wie möglich geschätzt.“, flachste Marshal Krogon.

„Waaas? Geschätzt?“, schrie Deputy Fenston. „War nur Spaß.“, erwiderte Krogon. In dem Augenblick drückte Taktiker Ross Corwell der STAR MAR 8 auf den Transportknopf. Auch Ross Corwell hätte sich an dem Befreiungsunternehmen beteiligen können, er hatte Ausbildungen in allen Kampfsportarten absolviert. Aber er gehört zur Verteidigungscrew des Raumschiffes. Außerdem sind im Jahr 2480 das Tragen und Benutzen von Waffen nur den Marshals und Deputys gestattet. Gespannt schaute Corwell auf seine Monitore und Datenbänke. „Geschafft Leute! Sie sind gut angekommen, alle Lebenssignale sind im grünen Bereich. Bei Deputy Fenston sehe ich einen erhöhten Pulsschlag.“, sagte Corwell. „Bei dem Spaß zuvor von Korogon... kein Wunder.“, lachte der Navigator. Captain des Raumschiffs STAR MAR 8 war Lydia Gohr. Jeden Einsatz, den Marshal Stan Thor hatte, erlebte sie mit wackeligen Knien mit, denn sie war sehr an Stan interessiert. Zumal Stan auch noch ein sehr attraktiver Junggeselle war. Kurz bevor der Funke überspringen konnte, beide amüsierten sich im Freizeitraum an der Bar, wurde die STAR MAR 8 angegriffen. Beide verschoben ihr Rendezvous dann auf unbestimmte Zeit. „Maschinen auf Bereitschaft einstellen. Fluchtgeschwindigkeit in Richtung Erde berechnen. Kampfplätze besetzen, falls die Jungs Schwierigkeiten bekommen.“, befahl Lydia Gohr mit fester Stimme.

In der Zwischenzeit verteilte Marshal Stan Thor die Aufgaben im Untergrund des Amtssitzes der Führung des Planeten Mendrok. Plötzlich Geräusche. „Ruhig Männer.“, flüsterte Stan Thor. „Wahrscheinlich haben die Trüpiden die Geheimtüren entdeckt.“, sagte Korogon. „Ich gehe vor, Stan. Nimm meine Ausrüstung und meine Waffen. Sie denken, dass ich ein Arbeiter wäre. Ich habe einen Plan.“, so Korogon weiter. Er ging mit einer Spitzhacke in den Händen, die vor langer Zeit beim Bau der Gänge gebraucht wurde, laut pfeifend direkt auf die Kidnapper zu.

„Hallo Leute, wir haben eine neue Quelle des Erzes gefunden. Nanu? Wer seid ihr denn, solch nackte Gestalten habe ich auf unserem Planeten noch nie gesehen?“ Sofort schlug ihn einer der Trüpiden nieder. Nun, im Gegensatz zu den Bewohnern des Planeten Mendrok, die mit einem dichten Körperpelz ausgestattet waren, sahen die Trüpiden wirklich blass und kahl aus. Waffen wo man nur hinblicken konnte, ein militärisches auftreten, gepaart mit einem grimmigen Gesichtsausdruck. Die Marshals waren in sicherer Entfernung. „Müssen wir nicht eingreifen?“, flüsterte Ricardo fragend. „Er weiß, was er tut.“, so Stan Thor. Benommen stand Korogon auf. Es folgte der nächste Schlag. „Wo sind die Erze? Führe uns sofort dort hin.“, ertönte es aus den Übersetzungskommunikatoren der Trüpiden. Laut rief Korogon: „Ach, könnt ihr nicht in unserer Sprache kommunizieren? Braucht ihr also Übersetzer? ÜBERSETZER braucht ihr also!“ „Marshal Stan Thor verstand den Wink sofort. Bei Übersetzern spielte es keine Rolle wer spricht, es wurde alles per Computerstimme ins Trüpidische übersetzt. „Sage sofort wo die Erzquelle ist, Arbeiter, sonst…“ „Keine Panik! Ich will mein Leben behalten. Folgt mir.“, sagte Korogon. Er führte die vier Trüpiden direkt auf die Marshals zu. In seinem dichten Pelz hatte er eine Strahlenkanone versteckt. Blitzschnell zückte er das Ding, drehte sich um und feuerte. Gleichzeitig standen die Marshals im Gang und zogen wie in einem Western ihre Kanonen. Die Trüpiden überlebten dieses Duell nicht. Marshal Ricardo blies wie Clint Eastwood den Rauch aus dem Lauf, nur rauchte im 25. Jahrhundert nichts, es waren schließlich Laserkanonen. „Gut, dass du deine Kanone in deinem Pelz verstecken konntest, alter Freund.“, freute sich Stan. „Ja, sonst fühle ich mich wirklich sehr nackt.“, erwiderte Korogon lachend. „So Männer, Planänderung. Über den Übersetzungskommunikator lotsen wir so viele Trüpiden wie möglich hierher. Korogon und ich verstecken uns vor der Tür des Amtssitzes und versuchen mit dem Rest fertigzuwerden. Danach greifen wir von hinten an und nehmen die Bande ins Kreuzfeuer.“, ordnete Marshal Thor an. „Lass‘ mich in den Kommunikator sprechen. Ich hörte, wie einer mit einem Krockzeck sprach.“, so Marshal Korogon. „Mache es, wir räumen die Leichen beiseite.“, sagte Stan. „Ich rufe Krockzeck, ich rufe Krockzeck!“, rief Korogon in den Kommunikator. „Du hörst dich so anders an, Nimzock. Was ist los?“, ertönt es aus dem Kommunikator. „Die Erze stören den Kommunikator. Wir haben eine Goldgrube gefunden. Erze in Hülle und Fülle. Kommt herunter um uns zu helfen. Der Frachter soll sich bereit machen und die Schutzschilder runterfahren.“, befahl Korogon per Übersetzungskommunikator. „Unser Frachter hat gar keine Schutzschilder. Nimzock, bist du das wirklich?“, ertönte es. Die Sache schien aufzufliegen. Da fand Stan bei einem getöteten Trüpiden eine Flasche Plohm, das ist ein alkoholisches Getränk auf Mendrock und warf sie vor Korogons Füße. „Ich meine diese Schutzschilder, oder wie heißt das denn, diese Schutzetiketten vom erbeuteten Plohm, damit wir alle anstoßen können. Wir waren schließlich erfolgreich!", sagte Korogon. „Ha, ha, ha! Ja, du hast Recht Nimzock! Auf den Erfolg und die Beute!"

Die Marshals Thor und Korogon liefen schnell zum Eingang und versteckten sich. Die Geheimtür öffnete sich und 12 Trüpiden gingen lachend und siegessicher den Gang entlang, direkt in die Arme der anderen Marshals und Deputys. Diese positionierten sich geschickt zwischen den Felsen. Thor und Korogon warteten etwas, danach erstürmten sie den Amtssitz. Die beiden übriggebliebenen Trüpiden waren ein leichtes Spiel für die Marshals. „Jetzt zu den anderen!", rief Korogon, nachdem er sah, dass die Führer des Planeten Mendrok unverletzt waren. „Warte, ich kontaktiere das Raumschiff. Marshal Thor an das Raumschiff STAR MAR 8. Bitte melden." „Hier Captain Lydia Gohr. Stan, seid ihr unverletzt?" „Ja, Lydia, sind wir. Auf mein

Zeichen legt ihr euch mit den drei Raumschiffen an, nehmt auch den Frachter in Angriff!“, so der Marshal. „Geht klar, viel Glück euch!“, so Lydia Gohr. Von weitem hörten die beiden Marshals schon die Strahlenkanonen. Gains, Stark, Ricardo, Norgon und Fenston schossen aus allen Rohren. Norgon war leicht verletzt. Die Trüpiden hatte größere Verluste. Drei von ihnen hatten gut geschützte Verstecke. Plötzlich standen die Marshals Thor und Korogon hinter ihnen. „Im Namen des Gesetztes des STAR MARSHAL OFFICE! Ihr seid verhaftet, legt die Waffen nieder und ergebt euch!“ Die drei Trüpiden drehten sich um und zogen ihre Waffen. Aber die Marshals waren schneller. Durchbohrt mit zahlreichen Schusswunden sackten die Trüpiden zusammen. Stan Thor gab sofort das Zeichen zum Raumschiff, damit Lydia handeln konnte.

Captain Lydia Gohr ließ die STAR MAR 8 etwa 5000 Meter neben dem eigentlichen Aufenthaltsort projizieren. Über den erbeuteten Übersetzungskommunikator rief Marshal Stan Thor die Raumschiffe auf, sich zu ergeben. Er selbst und die anderen blieben noch auf dem Planet Mendrok, falls die Trüpiden weitere Kämpfer schicken sollten. Außerdem war es zu gefährlich, jetzt den Körpertransporter einzusetzen. Die Trüpiden Schiffe umzingelten die projizierte STAR MAR 8 und feuerten aus allen Kanonen. Sie besaßen Plasma-Bomben, die die STAR MAR 8 sofort vernichten könnte. Captain Gohr blieb auf ihrer verdeckten Position. Marshal Thor rief nochmals über den Übersetzungskommunikator: „Im Namen des Gesetztes... ergebt euch!"... ... ... Jetzt war Lydia Gohr gefragt. „Antimaterie-Werfer ausrichten. Auf Fluchtgeschwindigkeit vorbereiten. Mit den Körpertransportern die Mannschaft auf dem Planet erfassen. Navigator, beobachten sie den Frachter, der will fliehen!", befahl Gohr. „FEUER FREI!"

Die Trüpiden merkten viel zu spät, dass sie aus einer anderen Richtung angegriffen wurden. Die starke Feuerkraft der STAR MAR 8 vernichtete die drei Raumschiffe sofort. „Holt uns an Board.“, sagte Stan Thor über L-Com. „Jetzt den Frachter verfolgen.“, so Lydia Gohr. Sie stellten den Frachter und verhafteten die Crew. Der Frachter wurde den Beamten des Planeten Mendrok übergeben, um technische Informationen über die Eindringlinge zu erhalten. Die Crew des Frachters wurde eigesperrt und wartete nun auf ein Gerichtsverfahren.

„Bin ich froh, dass ihr alle wieder auf dem Schiff seid. Wie sieht es heute Abend mit einem Rendezvous in der Schiffsbar aus, Stan?“, fragte Lydia. „Ich freue mich darauf.“, erwiderte Stan. „Wir setzen die Ganoven auf Ursus 4 ab. Dort ist ein Sicherheitsgefängnis. Es sind nur wenige Lichtjahre Umweg, dann haben wir das Gesindel nicht so lange auf unserem Schiff.“, ordnete der Marshal an. Das

Polizei-Raumschiff startete zu diesem Planet. Der Eintrag ins Logbuch lautete: „Auftrag mit Erfolg durchgeführt. Die Führung auf Mendrok ist befreit. Auf unserer Seite keine Verluste. 18 Gefangene, die zu Ursus 4 gebracht werden. Voraussichtliche Rückkehr zum Mars in etwa 100 Stunden nach Erdenzeit. Captain Gohr… Ende.“

In der Schiffsbar trafen sich abends die Marshals, Deputys und Crewmitglieder der STAR MAR 8. Es wurde gefeiert, gelacht und erzählt. Der Nahrungsreplikator erzeugte Weine aus einer längst vergessenen Zeit. „Ich habe da mal eine Frage, Captain. Wie haben Sie damals entdeckt, dass es außerhalb des Universums noch Raum gibt? Ich dachte, das Universum ist endlich.“, fragte Deputy Norgon. „Eigentlich wollte ich mich jetzt amüsieren, Deputy, aber ich erkläre es ihnen gerne. Ich war gerade zwei Monate Captain auf dem Technikraumschiff LOGROS 07. Es war vollgepackt mit der neusten, aber ungeprüften Technik. Es waren Antriebserfindungen, es wurde mit Materie, Antimaterie, Dunkle Energie, usw. experimentiert. Prof. Isaak Greg war immer schon der Meinung, dass alles wie im Kleinen, so auch im Großen ist. Das Elektron kreist um den Atomkern, der Mars kreist um die Sonne, die Sonne kreist in der Milchstraße um ein Schwarzes Loch. Galaxien kreisen um riesige Schwarze Löcher. Und was ist mit dem Universum? Ist danach das Nichts? Wir testeten gerade einen neuen Antrieb mit der Dunklen Energie. Plötzlich waren wir nicht mehr im feststofflichen Universum, sondern in der Dunklen Materie. Wir schossen durch das Universum und wurden aus diesem katapultiert. Wir knallten nicht etwa an eine Wand, an ein Ende des Universums. Nein, der Raum, in dem sich das Universum ausdehnt, ist viel größer. Das Raumschiff stoppte irgendwann. Als wir im Ansatz realisiert haben, was da eigentlich passiert ist, sahen wir unser Universum so groß wie eine Wassermelone auf den Monitoren. Wir stellten die Außenkameras auf

Rundumsicht. Wir sahen viele andere Universen. Prof. Isaak Greg nannte diesen Raum das Omnium. Wie viele Universen das Omnium beinhaltet, wissen wir noch nicht.“ Der Deputy bedankte sich und ging zur Bar, um mit seinen Freunden darüber zu diskutieren.

„Stan, hier ist mir heute zu viel los, lass‘ uns in meine privaten Räume verschwinden.“, schlug Lydia vor. Beide schlichen sich aus der Bar und verbrachten eine herrliche Nacht zusammen.

„Navigator an den Captain. Wir nähern uns Ursus 4.“, ertönte es aus dem L-Com. „Ich komme sofort auf die Brücke.“, antwortete Lydia Gohr. „Liebster, kümmerst du dich um die Gefangenen? Aber sei vorsichtig.“

Die 18 Gefangenen wurden abgeliefert. Nun nahm das Polizei-Raumschiff Kurs auf den Mars.

Alle Systeme arbeiteten einwandfrei. Plötzlich meldete sich die Stimme des

Bordcomputers: „Warnung! Die Nähe eines Schwarzen Lochs wird registriert! Warnung!“ „Captain, ich habe das Schwarze Loch auf dem Schirm. Es liegt auf unserer Route. Das Schwarze Loch hat seine Position stark verlagert, unsere Weltraumkarten müssen neu erfasst werden.“, so der Navigator. „Übermitteln sie alle Daten zu allen 128 Planeten, die dem STAR MARSHAL OFFICE angeschlossen sind. Geben sie eine allgemeine Warnung aus.“, befahl Captain Lydia Gohr. „Objekt von Backboard!“, schrie der Wissenschaftsoffizier. Zu spät. Ein riesiger Eisbrocken, angezogen durch das Schwarze Loch, kollidierte mit der STAR MAR 8 und riss das Raumschiff in Richtung Schwarzes Loch. „Gegensteuern! Volle Kraft!“, rief Gohr. „Eine Antriebsgondel ist beschädigt. Ich kann sie nicht aktivieren. Wir werden vom Schwarzen Loch angezogen!“, so der Wissenschaftsoffizier. „Können wir durchfliegen oder werden wir zerfetzt?“, sorgte sich Deputy Fenston. „Wer durch ein Schwarzes Loch fliegt, steuert innerhalb dessen auf ein Weißes Loch zu. Der Endpunkt ist ein Paralleluniversum zu unserem. Aber das ist Theorie, pure Theorie!“, erklärte Captain Lydia Gohr. „Die linke Antriebsgondel ist abgerissen!“, so der Navigator. „Wir geben die STAR MAR 8 auf. Geben sie einen Bericht zum Mars. Alle Mann von Bord. Besetzt die Fluchtkapseln. Ich bleibe so lange wie möglich auf dem Raumschiff und versuche die Stellung zu halten!“, rief Gohr. „Wir bleiben!“, rief der Navigator. „Das ist ein Befehl! Alle Mann von Bord!“, bekräftigte Gohr. „Ich bleibe, Lydia.“, flüsterte Stan Thor.

Die Fluchtkapseln schossen mit Lichtgeschwindigkeit in Richtung Mars. „Ich bereite unsere Fluchtkapsel auch vor, Lydia.“, sagte Stan. Stan packte auch etwa zwei Kilogramm Krysilium ein. Damit wollte er im Mars-Hauptquartier experimentieren. „Computer, wann müssen wir spätestens das Raumschiff verlassen?“, fragte Gohr. „Sie erreichen den gefährlichen Einzug in genau 3 Minuten und 45 Sekunden. Sie erreichen den Kern in 4 Minuten und 23 Sekunden. Heute ist das Wetter auf der Erde in Kalifornien sonnig. Sie sind Schach-Matt in zwei Zügen. Sie sind schwanger, Captain. Sie haben noch drei krotiokorendrendrum....", antwortete der Computer und versagte völlig. Die STAR MAR 8 drehte sich immer schneller, wurde immer näher angezogen. Die Außenkameras versagten. Das Lebenserhaltungssystem versagte. Immer mehr Systeme fielen der Anziehungskraft und dem enormen Druck zum Opfer. Lydia und Stan saßen gefangen in der Fluchtkapsel. Der kleine Monitor funktionierte noch. Die Frage war nun, wann ist der richtige Augenblick zum Starten? Geht es dann tiefer in das Schwarze Loch oder schaffen sie den Sprung in die Freiheit. „Durch die Drehbewegung habe ich berechnet, dass die zweite Antriebsgondel des Schiffs in Richtung Kern zeigt. Wir gehen auf Fluchtgeschwindigkeit und gleichzeitig schieße ich auf die Gondel. Wenn sie explodiert wird die freiwerdende

Kraft uns helfen freizukommen.“, schlug Lydia vor. „Ja, ist natürlich Theorie, ist schon klar.“, lachte Stan mit Galgenhumor. „Übrigens lautet die letzte Botschaft der Crew, dass alle in Sicherheit sind.“, ergänzte er noch.

Das Raumschiff drehte sich schneller und schneller. Lydia leitete die geplante Aktion ein. Ein Lichtblitz, denken war jetzt unmöglich, Angst haben war unmöglich, beide umarmten sich. Als die Antriebsgondel der STAR MAR 8 explodierte, setzte sie eine enorme Kraft frei, gleichzeitig ging die Fluchtkapsel auf Lichtgeschwindigkeit.

„Captain Lydia Gohr an die Crew der STAR MAR 8. Meldet euch. Die STAR MAR 8 ist explodiert, Marshal Thor und ich sind gerettet. Bitte melden.“, funkte Captain Lydia Gohr in den Raum. Keine Antwort. „Vielleicht ist unser L-Com beschädigt, lass‘ uns in Richtung Mars fliegen.“, schlug Stan vor.

Die Zeit verging. „Ich bin übrigens schwanger.“, freute sich Lydia. „Was? Ich werde Vater! Klasse!“, freute sich Stan ebenso. Der Mars war in Sicht. „Was ist das denn? Der Mars ist unbewohnt. Wo sind unsere Städte? Wo ist mein Haus?“. Stan war unangenehm überrascht. „Es kann sich nur um einen Zeitsprung handeln. So etwas ist noch nie geglückt. Aber was heißt geglückt. Jetzt sind wir mittendrin. Was erwartet uns? Etwa Dinosaurier?“, analysierte Lydia. Sie flogen in Richtung Erde. „Ich analysiere in Europa eine hohe Bevölkerungsdichte. Mein Vorschlag ist es, wir landen geschützt im Gebiet der Rocky Mountains. Wir sind übrigens mitten im Wilden Westen. Hier können wir uns am besten eine neue Identität aufbauen.“, schlug Stan vor. „Gut, ich bin einverstanden. L-Com stelle ich auf SOS. Die Energie reicht für Jahrhunderte.“, so Lydia. Die Fluchtkapsel näherte sich der Stratosphäre. Lydia fuhr die Flügel aus. Jetzt sah die Fluchtkapsel wie ein Fluggleiter aus. „Ich stelle auf Schubumkehr, halte dich gut fest,

Stan." Lydia landete den Gleiter vorsichtig zwischen Felsen nahe Colorado Springs.

Colorado Springs wurde gerade gegründet. „Ich erkenne Menschen in etwa 500 Meter Entfernung auf dem Monitor. Sie sind verletzt.", sagte Lydia. Lydia und Stan stiegen aus dem Gleiter und wollten zu den Verletzten, um ihnen zu helfen. Es war eine Familie, die auf dem Weg nach Colorado Springs war. Nur der Vater lebte noch. „Wo ist meine Frau? Wo meine beiden Kinder? Unser Erspartes, wo ist das?", stammelte er schwerverletzt. „Alles ist in Ordnung. Ruhen sie sich aus, wir versorgen sie und ihre Familie.", tröstete Lydia den Mann. Der Mann starb in ihren Armen. Alle wurden erschossen, das ersparte Geld war verschwunden. Ein Goldnugget fanden sie versteckt im Planwagen. Lydia und Stan zogen die Kleidung des Paares an. Stan nahm noch sein Krysilium mit, außerdem einige Bordwerkzeuge. Die Strahlenkanonen nahmen sie nicht mit, auch keine Kommunikatoren. Jetzt fuhren sie mit dem

Planwagen nach Colorado Springs. Dort angekommen, verschafften sich Lydia und Stan zunächst einen Überblick. In der Bank gaben sie das Gold ab und tauschten es gegen Dollar ein. Danach wollten sie ins Hotel. „Suchen sie eine Bleibe für ihre beiden Pferde?“, fragte ein Junge. „Für einen viertel Dollar sorge ich dafür, dass die Pferde Futter erhalten, striegele sie und der Planwagen wird gut untergestellt.“

„Wer bist du denn?“, fragte Stan. „Pedro, ich bin Pedro. Ich sorge für meine Familie.“, antwortete der Junge. Stan gab ihm einen ganzen Dollar und sagte: „Mein Name ist Marshal Thor. Wo lebt deine Familie?“ „Waas? Sie sind Marshal? Ein echter Marshal?“, staunte Pedro. „Ja, mein Junge, bin ich.“, so Marshal Stan Thor, „Und das ist meine Begleiterin, Captain... äh, nein, ach nenne sie einfach Ms. Gohr.“ „Mr. Marshal, sie finden meine Familie, mich und ihren Planwagen am Ende der Straße auf der rechten Seite.“, so Pedro und fuhr mit dem Planwagen los. Im Hotelzimmer überlegten

Lydia und Stan ihre weitere Vorgehensweise. „Sollte die Welt im Jahr 2480 uns finden, sind wir gerettet. Wenn nicht, dann sitzen wir im Jahr 1880 fest. Aber wir machen das Beste daraus, Lydia. Ich besorge mir zunächst einmal einen Colt, für alle Fälle.“, sagte Stan. „Gut, bringe mir auch einen mit. Ich bestelle inzwischen etwas zu Essen.“, ergänzte Lydia. Stan besorgte eine gute Ausrüstung. „Na, damit können sie ja Sitting Bull alleine besiegen.“, lachte der Verkäufer des Geschäftes, in dem es einfach alles gab. „Ja sicher, ich hörte, dass der Wilde Westen ganz schön wild sei. Ich nehme noch eine Tüte Lutscher.“, sagte Stan Thor. Auf der Straße traf er Pedro, der gerade verkünden wollte, dass er einen echten Marshal kennt. „Pedro!“, rief der Marshal, „Höre mir einmal zu. Verrate noch nicht, dass ich Marshal bin. Ich habe einen Geheimauftrag, weißt du. Hier habe ich Süßes für dich und deine Freunde.“ „Verstehe, Marshal. Ich verrate nichts. Können sie denn auch meinem Vater helfen?“, fragte Pedro. „Später, mein Junge, später.“

In Colorado Springs eröffneten immer mehr Saloons. Es floss viel Alkohol, der ein oder andere Tote war zu beklagen. Viele Familien zogen von Norden nach Süden, von Osten nach Westen, es war der Goldrausch, der alle in seinen Bann zog. Glück und Unglück lagen nahe beieinander. Der Sheriff der Stadt hatte viel zu viel zu tun. Die Zeit verging. Lydia und Stan ließen sich in der Kirche trauen. In 4 Wochen erwarteten sie ihr erstes Kind. „Wird es ein Mädchen, könnte es Selina heißen, wird es ein Junge, dann Korogan, den Namen gibt es auf Mendrok.“, sagte Stan begeistert. Lydia lachte laut: „Stan, wir befinden uns im Jahr 1880 auf der Erde. Wir müssen Namen aus diesem Jahrzehnt auswählen. Wie wäre es mit Joe oder Elizabeth?“ „Ist in Ordnung. Hauptsache gesund.“, so Stan. Es wurde dann doch ein Joe. „Das ist jetzt bestimmt Höhere Mathematik, Lydia.“, sagte Vater Stan. Mutter Lydia darauf: „Verstehe ich jetzt nicht, Liebster." „Nun ja, es war eine schöne Nacht 2480. Jetzt, 1880, wurde unser Sohn geboren, dann ist er jetzt doch Minus 600 Jahre alt!", lachte Stan. Beide nahmen sich in den Arm und waren glücklich.

Lydia fand eine Anstellung im Kolonialwarengeschäft Smith & Co. Stan wurde Viehtreiber, ein echter Cowboy also. Es hatte alles sehr wenig mit den Showduellen im Entspannungsraum auf dem Mars zu tun. Und mit dem Sheriff aus Omaha, die Geschichten vom Opa, gab es auch nicht viel Ähnlichkeit. Es war als Cowboy ein harter Job. Abends sprachen die Eheleute dann über ihren erlebten Tag. „War Joe brav heute?", fragte Stan. „Sehr sogar. Wenn alle so brav sein würden. Du bist ja auf der Ranch. Aber hier in der Stadt wird es immer gefährlicher. Es entsteht ein richtiger Bandenkrieg.", mit ängstlicher Stimme sagte Lydia diese Worte. „Und der Sheriff? Kommt er noch zurecht?" „Nein, die Übermacht ist zu groß."

In der Freizeit arbeitete Stan auf dem Hof von Pedro an seinem speziellen Colt. Er baute eine größere Trommel ein. Jetzt hatte der Revolver neun Schuss. Für die letzten drei Patronen verwendete er Krysilium. Nur eine Winzigkeit sorgte für eine Explosion, ähnlich wie Dynamit. Die Trommel ließ sich leicht entnehmen, eine gefüllte Ersatztrommel hatte Stan immer in der Tasche. Aber er hatte noch mehr vor, aber alle Arbeiten kosteten sehr viel Zeit. „Mr. Marshal, darf ich dich etwas fragen?“, so Pedro. „Natürlich, mein Junge. Was bedrückt dich?“ „Mr. Marshal, es geht um meinen Vater. Er ist von einer Bande verschleppt worden. In einer Mine muss er arbeiten. Der Sheriff sagt, er wäre in Omaha. Aber dort sei er nicht zuständig. Mr. Marshal, kannst du helfen?“ „Ich werde dir und deiner Familie helfen. Ihr habt mir und meiner Frau geholfen. Bei euch ist Joe geboren worden und ihr passt gut auf mein Kind auf. Ich verspreche, ich helfe dir.“

Abends besprach Stan alles mit seiner Frau Lydia. Lydia hatte schlechte Nachrichten. In zwei Tagen erscheint hier in Colorado Springs die Stanton-Bande. Der Sheriff mobilisiert gerade Helfer. Aber wer wird schon mit Revolverhelden fertig? „Lass' mich überlegen, Lydia. Bleibe du an dem Tag im Geschäft und lasse dich nicht auf der Straße sehen. Unser Joe ist bei Pedro gut aufgehoben. Schlafen wir jetzt.“, beruhigte Stan seine Frau.

Stan nahm sich für den besagten Tag frei. Er hatte so gute Arbeit geleistet, dass der Rancher Cliff Dorn ihm gern diesen Wunsch erfüllte. Morgens brachten Lydia und Stan ihren Sohn zu Pedro. Lydia ging normal zur Arbeit. Vor dem Laden stand eine Bank. Stan Thor setzte sich mit einer Zeitung darauf und beobachtete alles. Der Sheriff war sehr nervös. Er verteilte seine Helfer. Stan Thor erinnerte sich gern an seine Deputys. Wenn er jetzt die Truppe hätte... aber die war 600 Jahre entfernt. Plötzlich kam ein Reiter und rief: „Sie kommen! Bringt euch in Sicherheit! Sie kommen!“

Eine dramatische Situation entstand. Der Sheriff stellte sich wagemutig mitten auf die Straße. „Das ist ja Wahnsinn.“, dachte sich Marshal Stan Thor. Die Bande ritt in die Stadt ein. Angeführt von Bill Stanton. Fünfzehn Männer saßen bis an die Zähne bewaffnet auf ihren Pferden. Die Bewohner von Colorado Springs versteckten sich. Zwei Helfer des Sheriffs hatten die Hose voll und liefen einfach in die Kirche. „Wie ist die Lage, Stan?“, flüsterte Lydia durch die etwas geöffnete Ladentür. „Die Bande fühlt sich sehr sicher, sie haben sich nicht verteilt. Ich hoffe es sind nicht mehr. Ansonsten... Fünfzehn auf einen Streich.“

Immer näher kam die Bande. Mit ihren Revolvern und Gewehren zielten sie auf Fenster und Türen. Sie schossen nicht, aber verbreiteten so Angst und Schrecken. Jetzt ritten sie an Marshal Stan Thor vorbei. Mit der Zeitung verdeckte er seinen umgebauten Colt. Nun standen die fünfzehn Männer vor dem Sheriff. Marshal Thor war in ihrem Rücken. „Mach‘ dich aus dem Staub, Sheriff. Wir übernehmen die Stadt.“, befahl Bill Stanton. „Ich verhafte euch im Nehmen des Gesetzes.“, antwortete mutig der Sheriff. Die Männer positionierten sich nebeneinander vor dem Sheriff. Langsam erhob sich Marshal Stan Thor und suchte Schutz vor einem Pfosten. Lässig lehnte er sich daran, aber mit der Hand am Colt. „Ihr habt gehört, der Sheriff hat euch etwas gesagt. Ich sage hiermit, legt die Waffen nieder.“ Drei Männer drehten ihr Pferd in Richtung Marshal. „Wer sagt das?“ „Mein Name ist Marshal Stan Thor und nun runter mit den Waffen.“

Die Männer zogen ihre Revolver. Stan Thor war klar schneller. Noch drei Schuss waren offiziell in der Trommel. Bill Stanton schoss auf den Sheriff. Am Boden liegend erschoss dieser zwei Männer. Dann traf ihn eine weitere Kugel. Jetzt drehten sich zehn Männer zu Marshal Stan Thor. „Was war noch, Großmaul? Was willst du mit deinen drei Kugeln ausrichten?“, so Stanton. „Ich warne euch ein letztes Mal, Waffen fallen lassen.“, so der Marhal. „Macht ihn fertig!“, schrie Stanton. Noch ehe die Bande ihre Kanonen ziehen konnten, erschoss der Marshal mit den drei Kugeln Bill Stanton, danach schoss er mit den Krysilium-Patronen in die Mitte der Bande. Die heftigen Explosionen warfen die Männer von den Pferden. „Nun noch einmal, ich verhafte euch im Namen des Gesetzes.“, sagte der Marshal mit ruhiger Stimme, dabei setzte er die nächste gefüllte Trommel ein. Jetzt kamen die Helfer des Sheriffs aus ihren Verstecken und brachten die Überlebenden ins Gefängnis.

Der Sheriff wurde verarztet. Noch lange Zeit erzählten sich die Bürger von Colorado Springs dieses Duell. „Ich bleibe solange mit meiner Familie in der Stadt, bis sie gesund sind, Sheriff.“, sagte der Marshal. „Einen Mann wie sie könnten wir hier gut gebrauchen. Ich danke ihnen im Namen der Stadt Colorado Springs. Ich verdanke ihnen mein Leben, Marshal.“, so der Sheriff. „Leider muss ich ablehnen. Ich habe einem kleinen Jungen etwas versprochen. In der nächsten Woche geht es nach Omaha.“

Der Tag des Abschiedes aus Colorado Springs nahte. Familie Thor wurde mit großem Beifall verabschiedet. Stets überdeckte Marshal Stan Thor das Wort STAR auf seinem Marshal-Abzeichen. Im 25. Jahrhundert trugen die Marshals das Abzeichen, da sie sich mit den US-Marshals im 19. Jahrhundert verbunden fühlten. Um eine neue Identität aufzubauen, ließen sich Lydia und Stan ihre Dienste in Colorado Springs schriftlich bestätigen. Später nannte man dies dann Arbeitszeugnis. Jetzt waren beide echte Amerikaner aus dem 19. Jahrhundert. „Ich werde nach Omaha telegrafieren, dass ich sie als Sheriff empfehle, Mr. Thor. Das ist das Mindeste was ich tun kann, um ihnen das Leben dort zu vereinfachen.“, versprach der Sheriff von Colorado Springs.

Der Weg nach Omaha war lang und beschwerlich. Über 600 Meilen waren zurückzulegen. Der alte Planwagen musste oft von Stan repariert werden. Es war heiß. Die Sonne war mörderisch. Langsam gingen die Essens-Vorräte zu Ende. Wasser hatten sie genug, denn die Bewohner in Colorado Springs empfahlen die Route am Platte River entlang. Die Stadt Lexington war das nächste Ziel, um alle Vorräte aufzufüllen. In Lexington erwarb Stan zwei Reitpferde und alles was nötig war, um den Rest der Reise zu überstehen. Nach zwei Tagen ging es weiter in Richtung Omaha.

Die Fahrt wurde jetzt abwechslungsreicher. Hin und wieder sah man nun Eisenbahnarbeiter. Der kleine Joe verfolgte alles sehr aufmerksam. Kurz vor Lincoln sahen Lydia und Stan Rauchwolken am Horizont. „Ich reite voraus und sehe mir das einmal an. Nimm das Gewehr.“, sagte Stan etwas besorgt zu seiner Frau. Er selbst nahm den umgebauten Colt mit. Vor der Reise konnte Stan noch die letzte Stufe seiner Umbauaktion erledigen. Stan ritt los. Von weitem konnte er erkennen, dass Männer auf Pferden fünf Planwagen angriffen. Waren es Indianer? Stan kam näher. Es schien eine Bande zu sein. Mit Halstüchern verdeckten sie ihr Gesicht. Bis auf 1500 Meter näherte sich Stan an. Jetzt konnte er genau erkennen, dass Frauen und Kinder in den Planwagen waren. Die Väter verteidigten sich tapfer, waren aber chancenlos. Sie waren mit der Bande völlig überfordert. Stan suchte sich eine leichte Anhöhe. Jetzt schraubte er Laufverlängerungen an seinen umgebauten Colt. Er wechselte die Trommel aus, befestigte ein Zielfernrohr und legte die Spezialmunition mit Kysilium ein. Die 1500 Meter waren locker zu schaffen. Er zielte auf die Bande. Natürlich sollten die Frauen, Männer und Kinder nicht verletzt werden. Stan schoss. Das Geschoss heulte durch die Luft. Es erinnerte Stan fast an ein startendes Raumschiff. Eine Explosion zwischen den Angreifern. Sie irrten herum. Stan schoss wieder. Eine Kugel legte er noch nach.

Wieder Explosionen. Die überlebenden Angreifer suchten das Weite. Mittlerweile war Lydia mit dem Planwagen angekommen. Sie fuhren nun zu den Familien.

Die Kinder liefen Lydia und Stan schon laut rufend entgegen: „Sie haben uns gerettet, sie haben uns gerettet! Dankeschön!" Abends am Lagerfeuer erzählten alle Geschichten aus dem Leben. Für Lydia und Stan waren diese Geschichten sehr interessant, denn sie mussten sich schließlich eine Vergangenheit aufbauen. Die Gruppe kam aus Irland und wollte sich als Farmer in Amerika niederlassen. Zunächst dachten sie an das Gold. Aber als Goldgräber war es mit Kindern viel zu gefährlich. Alle zogen von Dublin aus in den Westen. „In Dublin wohnen meine Eltern.", sagte Lydia. „Ach, wie klein die Welt ist. Wo denn da?", fragte Jane McReed. „Nahe des Flughafens, äh, ich meine des Hafens.", verbesserte sich Lydia. „Ja, der Hafen zur

Irischen See ist wunderbar. Wir haben ihn oft besucht.“, so Jane.

Nun hatten Lydia und Stan ihre Lebensgeschichte. Zufrieden legten sich alle um das Lagerfeuer zum Schlafen.

Nach der Verabschiedung am frühen Morgen zogen die Farmer nach Westen und Lydia und Stan weiter nach Osten. In Omaha, nach langen 600 Meilen, wurden sie vom Hilfssheriff Cliff Northon freudig empfangen. „Ich habe für sie ein Hotelzimmer gebucht. Robert kümmert sich um ihr Gepäck und den Planwagen. Ruhen sie sich erst einmal gut aus.“

Am nächsten Tag ging Stan ins SHERIFF'S OFFICE und erklärte sein Anliegen. „Deputy, wir wurden auf dem Weg hierher überfallen. Irische Farmer, die nun auf dem Weg nach Westen sind, können dies bestätigen. Unsere Ausweispapiere sind verbrannt. Lediglich die Arbeitspapiere für mich und meine Frau habe ich noch.“ „Das ist kein Problem. Ihr Ruf eilte von Colorado

Springs voraus. Ich werde alles Nötige veranlassen. Aber auch die Stadt Omaha hat ein Anliegen. Unser Sheriff ist vor 6 Tagen erschossen worden. Am Sterbebett gab er mir dieses Telegramm von seinem Freund in Colorado Springs. Sie haben dort die Stadt gerettet und das Leben vieler Bewohner. Ich möchte sie zum Sheriff von Omaha vereidigen.", so der Hilfssheriff Cliff Northon. „Ich nehme den Posten gerne an.", sagte Stan Thor.

Lydia und Stan richteten sich in einem kleinen Haus am Rande der Stadt gemütlich ein. Es hätte auch noch ein größeres Haus gegeben, aber der große Stall war dann doch ausschlaggebend. Hier konnte Stan seine Arbeiten an den Feuerwaffen fortsetzen. Und gerade damit begann er sofort, während seine Frau das Haus einrichtete. Herrliche Stoffe für Vorhänge, ein wunderschönes rotes Sofa, ein Teeservice aus Germany und viele Dinge mehr, die Lust auf einen gemütlichen Feierabend machen sollten. Die Kinder aus der Nachbarschaft brachten dem kleinen Joe Spielzeug aus Holz. Lydia fand eine Anstellung als Lehrerin. Nun hatte sie keine Raumschiffcrew unter sich, sondern eine Bande lieber Kinder. Es war natürlich eine Umstellung, von Galaxien, dem Universum oder gar dem Omnium, auf die Grundrechenarten umzusteigen. Manchmal war es für Stan und Lydia auch schwer, ihr Wissen für sich zu behalten.

„Guten Morgen, Cliff. Ist ein herrlicher Tag heute.“, sagte Sheriff Stan Thor. „Ja, wunderbar. Haben sie sich gut eingerichtet, Sheriff?“ „Wir sind sehr zufrieden. Es sind so viele nette Menschen in ihrer, sorry, unserer Stadt.“ „Stimmt. Unser ehemaliger Sheriff hatte alles gut im Griff. Wir haben nur Probleme mit den Besitzern der Erzmine im Norden.“ „Hat der Tot des Sheriffs damit zu tun?“ „Korrekt. Und ich würde denen gern das Handwerk legen.“ „Sagt ihnen der Name Pedro Morgeno etwas?“, fragte der Sheriff. „Ja, der Sheriff in Colorado Springs sendete einmal ein

Telegramm. Mehrere Mexikaner wurden verschleppt. In der Mine arbeiten viele Mexikaner. Die Besitzer, die Brüder Dennon, haben eine Festung aus der Mine gemacht. Niemand kommt rein, niemand raus. Sie selbst kommen samstags zum Bier in die Stadt und nehmen Proviant mit."
„Und was geschah mit dem Sheriff." „Es gibt angeblich keine Zeugen, denn die Brüder Dennon zwangen alle Besucher des Saloons sich umzudrehen. Angeblich sollte es ein faires Duell gewesen sein. Aber der alte Hardy sagte, der Sheriff wurde von zwei Mann festgehalten." „Wo finde ich diesen Mr. Hardy?", fragte der Sheriff nach.
„Erschossen. Zwei Tage nach der Aussage fand ich ihn hinter dem Pferdestall."
„Morgen reite ich zu der Mine, werde die Lage einmal prüfen." „Soll ich sie begleiten?" „Nein, in der Stadt muss ein Gesetzesvertreter bleiben." „Aber Pete könnte sie begleiten. Er kennt den Weg."
„Okay, damit bin ich einverstanden."

Am nächsten Morgen starteten Sheriff Stan Thor und Pete zur Mine. „Dort sind die ersten Wachposten Sheriff. Wir reiten um die Felsen herum, dann können sie den Eingang der Mine sehen.“, erklärte Pete. Mit seinem Fernrohr sah der Sheriff, dass die Arbeiter ausgepeitscht wurden. Ein Mexikaner lief davon. Er wurde von einem Aufseher ohne zu zögern erschossen. Pete sagte: „ Das war Mike Dennon, er trägt ein rotes Halstuch. So ein Schwein. Aber alle sind sie Schweine.“ Pete war verbittert.

Am Abend beratschlagten Cliff Northon und Stan Thor die Lage. „Wir müssen einen Marshal und das Gericht einschalten.“, sagte Stan. „Ich dachte, sie sind auch Marshal. So schrieb es doch der Sheriff in Colorado Springs.“ „Ach, das ist eine andere Geschichte, darüber reden wir später. Morgen ist Samstag. Ich nehme mir die Dennon’s morgen zur Brust.“

Lydia hatte ein herrliches Abendessen vorbereitet. „Was macht unser Sohn?“, fragte Stan. „Er wächst und gedeiht,

Liebling. Mit seinem Holzrevolver spielte er heute mit den Kindern im Hof. Soll er später auch einmal Marshal werden? Was meinst Du?“ „Politiker wäre mir lieber. Wir kennen doch die Weltgeschichte.“ Nach dem Essen ging Stan noch in den Stall, den er sich zu einem Arbeitsraum eingerichtet hatte. Es wurde spät. „Schläfst du Schatz?“ „Ich habe noch auf dich gewartet. Die Rechenarbeiten habe ich schon korrigiert. Was hast du gearbeitet?“ „Ich habe den Colt weiter verbessert. Schlafe gut, mein Darling.“

Der Samstag begann ruhig. Gegen 16 Uhr trafen die Dennon's in der Stadt ein. Nach dem Einkauf gingen Big Dennon, Jack Dennon und Mike Dennon in den Saloon. Sheriff Northon trat ein: „Mein Name ist Stan Thor, ich bin Sherif in dieser Stadt. Um mir einen Überblick zu verschaffen werde ich sie Montag besuchen.“ „Was sagt die Kakerlake?“, murmelte Big Dennon. „Die Kakerlake will zum Tee kommen, Big Dad.“, provozierte Mike Dennon. „Ach ja, Mike Dennon?“ „Was willst du, Kakerlake?“ „Ich nehme sie wegen Mordes im Namen des Gesetzes fest." Mike Dennon griff zum Revolver. Der Sheriff war schneller. „Drücken sie ab, sind sie eine Leiche.", sagte der Sheriff. In diesem Augenblick kam der Hilfssheriff mit einer Winchester in den Saloon und hielt die anderen Dennon's in Schach. Jack und Big Dennon verließen die Stadt mit der Androhung: „Ich hole meinen Jungen hier raus. Und dich, Kakerlake, vernichte ich mit einem Kugelhagel!"

Mike Dennon wurde eingesperrt. „Ich telegrafiere Richter Smith in Kansas City, aber das wird 30 Tage dauern, bis er hier ist.", sagte Cliff Northon. „Nun, ich bleibe dabei, Montag erledige ich die Bande. Es dürfen nicht noch mehr Menschen in der Mine sterben." „Sheriff, muten sie sich nicht zu viel zu, man lebt nur einmal. Aber bei dieser Brutalität ist es fraglich, ob es noch Menschen im Jahr 2100 gibt." „Mann, wenn sie wüssten.", murmelte Stan Thor.

Sheriff Stan Thor machte sich am Montag um 9 Uhr auf den Weg zur Mine. Der Sheriff wollte die Sonne im Rücken haben. Er beobachtete wie Big Dennon, Vater von Jack, Norman, Robert und Mike, die Wachen verteilte. Drei Mann patrouillierten um den hohen Zaun herum. Der Sheriff wartete ab, die drei Männer ritten auf den Eingang zu. Die Sonne stand gut. Das Mündungsfeuer des umgebauten Colts konnten sie bestimmt nicht erkennen. Ein gezielter 1000-Meter-Schuss und die drei Reiter starben an der Explosion. Das gut gesicherte Eingangstor brach zusammen. Die Dennon's und ihre Revolverhelden rannten aus dem Haus, schossen wild um sich und suchten Schutz. Der Sheriff ortete jeden von ihnen. Er schoss auf die Pferdetränke... eine gewaltige Explosion durch das Krysilium töte den Revolvermann. Der nächste 1000-Meter-Schuss traf das Haupthaus, es ging in Flammen auf. Die Sache lief gut. Plötzlich bemerkte der Sheriff, dass hinter seinem Rücken eine Handvoll Männer auf ihn zugeritten kamen. Der Sheriff ritt um den Hügel herum, um zurück in die Stadt zu kommen. Dort angekommen sah er die aufgeregten Bürger. Mike Dennon überrumpelte den Hilfssheriff und bot den Revolverhelden Ross und Clark 500 Dollar für die Ermordung von Sheriff Thor. Clark brachte noch seine fünf Freunde mit. „Sheriff, ich habe einen Fehler gemacht. Jetzt wird die Bande unsere Stadt in Schutt und Asche legen.“, wimmerte Cliff Northon.

Alles beruhigte sich wieder, denn Sheriff Thor sagte mit seiner beruhigenden Stimme: „Alles wird gut, Leute. Ich nehme den Kampf auf. Wie in Colorado Springs benötige ich den schnellsten Reiter unter euch. Er muss frühzeitig ankündigen, wann die Bande von der Mine aus losschlagen will.“ Stan ließ seinen alten Planwagen aus dem Stall holen. „Ist der schwer zu schieben... Sheriff... was haben sie hier verbaut?“, rief Pete und quälte sich mit vier weiteren Männern. Den Wagen ließ der Sheriff vor das Office schieben. Man sah wohl, dass die Holzräder durch Stahlräder ausgetauscht wurden. Aber der Rest schien

Holz zu sein. Er war nun höher als sonst, das sah man aber nicht, da das bogenförmige Planwagendach viel verdeckte. Die Bürger sollten in ihren Häusern bleiben. Lydia und Joe versteckten sich im Office. „Sie kommen! Sie kommen!“, rief der Beobachtungsposten. Jetzt war die Stadt totenstill. Aus zwei Richtungen griffen die Revolverhelden an. Sie sahen den Planwagen und den Sheriff darin, sofort schossen sie aus allen Rohren. Das Planwagendach wurde weggeschossen. Der Wagen wurde durchlöchert. „Wir haben ihn! Legt die Stadt in Schutt und Asche!“, schrie Big Dennon. Wie aus dem Nichts stand plötzlich der Sheriff im Planwagen und schoss im Zehntelsekundentakt auf alles was sich bewegte. Auf seinem Colt war ein langer Schacht angebracht, in dem 100 Schuss Munition waren. Die Revolverhelden waren irritiert und schossen entweder weiter oder suchten Schutz im Saloon. Der Sheriff setzte das nächste Magazin auf. Nun war die Munition mit Krysilium bestückt. 100 Schuss... unendliche Explosionen... es gab um den Planwagen herum nur noch Tote. Das Magazin war leergeschossen. Jetzt setzte Stan Thor die umgebaute Trommel mit 9 Schuss wieder in den Colt ein. Langsam ging er zum Saloon. Robert Dennon war noch nicht erledigt. Von einer Kugel getroffen stand er auf, versteckte sich hinter dem Planwagen und zielte auf den Sheriff. „Kakerlake, du bist jetzt dran!“ Der Sheriff war in der Falle, er stand zwischen Planwagen und Saloon. Ein Schuss fiel. Robert Dennon brach zusammen. Lydia zielte genau. Als Captain der STAR MAR 8 war sie geschult. „Und jetzt mache sie fertig, Sheriff!“, rief sie ihrem Mann zu. Vier Mann standen vor dem Saloon und waren geschockt. Sie zogen ihre Kanonen und schossen auf den Sheriff. Die Kugeln landeten im Sand, der Sheriff war noch zu weit entfernt. Die Männer luden nach. „Ihr seid verhaftet, legt die Waffen nieder!“, rief der Sheriff. Die Männer schossen weiter. Stan Thor zog den Colt. Drei Kugeln aus Krysilium schossen pfeifend durch die Luft. Explosionen... Tote.

Revolverheld Frank Ross und Mike Dennon waren noch im Saloon. „Weitere 1000 Dollar wenn wir das Schwein erledigen.“, bot Mike an. „Okay!“, antwortete Frank Ross. Der Sheriff kam durch die Pendeltüren. Die Männer standen sich gegenüber. Der Sheriff hatte nun noch sechs normale Patronen. Es wurde nun ein echtes Duell. Ein Duell, wie es Stan Thor unendliche Male gegen Billy the Kid erlebt hatte, im Erlebnisraum auf dem Mars. Aber da war der Revolverheld virtuell. "Zieh!“, schrie Mike Dennon. Der Sheriff achtete nur auf die Augen der Gegner. Er hörte nichts und sah nichts anderes. Dann das Zucken bei Frank Ross. Der zog den Revolver. Blitzschnell zog der Sheriff, mit dem Daumen spannte er den Hahn, der Zeigefinger reagierte sofort. Zwei Schuss! Die eine Kugel traf Frank Ross. Ross‘ Kugel traf nur die Pendeltür. Mike Dennon zog auch die Waffe. Wieder war der Sheriff schneller.

Die Stadt feierte den Erfolg. „Sheriff, was war denn nun mit ihrem Planwagen los, warum war der so schwer?“, fragte Pete. „Ich habe Stahlplatten von den Eisenbahnen eingebaut.“, antwortete der Sheriff. „Hey, unser Sheriff hat eine eigene Eisenbahn!“, lachte Pete. „So, jetzt will ich noch los zur Mine. Ich habe dem kleinen Pedro ja etwas versprochen.“, rief der Sheriff in die Runde. Der Sheriff nahm ein Bild von sich, mit seiner Frau und Joe, mit zur Mine. An der Mine angekommen fand er noch etwa eine Handvoll Mexikaner vor. „Ist Mr. Morgeno unter ihnen?“, fragte der Sheriff. „Ich bin Jose Morgeno.“, sagte ein Mann. „Dein Sohn hat mich geschickt. Hier sind 100 Dollar. Zeige ihm dieses Bild und grüße deinen Sohn von seinem Mr. Marshal.“

Abends fielen sich Lydia und Stan in die Arme. „Was macht unser Sohn?“, fragte Stan. „Er wächst und gedeiht.“, lachte Lydia. „Ich erinnere mich gern an meinen Großvater. Er erzählte mir immer wieder von einem unserer Vorfahren. Ein Sheriff mit Namen Stan Thor. Er soll um das Jahr 1880 gelebt haben. Ich hielt das immer für eine spannende und erfundene Geschichte von ihm. Ist das nicht unglaublich?", sagte Stan. „Na, bei dem was wir beide so alles erlebt haben, wundert mich nichts mehr. Schlafe gut, mein Darling."

Viele, viele Jahre war Stan Thor noch Sheriff in Omaha. Jede Menge Abenteuer hatte er noch zu überstehen, denn der Wilde Westen war wild und unberechenbar, genauso wie das Universum. Lydia wurde Schulleiterin. Ihr Sohn Joe wurde in New York Richter. Bei Ausgrabungen im Jahr 1978 fand man nördlich von Omaha den Spezial-Colt und eigenartige, nicht von dieser Erde stammende Patronen, die hochexplosiv waren. Das unterlag der höchsten Geheimhaltung. 2016 fand eine Pfadfindergruppe im Gebirge westlich von Colorado Springs den Fluggleiter des Polizei-Raumschiffs STAR MAR 8. Das Notsignal SOS war immer noch aktiv. Fragen über Fragen...

Die Erfindung des Körper-Transporters

Mittlerweile sind sie in jedem Haushalt, in jeder Arztpraxis, ach, einfach überall eingebaut ... die Warm-Körper-Transporter-Module, WKTM 100! Heute ist es kein Problem, in Sekunden über 10, 100 oder sogar 40.000 Kilometer zu einem Freund zu gelangen. Technisch sind wir heute auf dem Höchststand, der Krebs ist zwar besiegt, aber ein Spenderherz wird immer noch benötigt. Nur, es geht heute alles viel schneller. In Berlin benötigt ein Mensch ein Herz, in New York steht das gesuchte zu Verfügung. Mit Hilfe des WKTM 100 ist der Patient in Sekunden vor Ort. Ja, man muss sagen, vor vielen Hundert Jahren wurde das Telefon entwickelt. Das waren zwei Apparate, mit denen man sprechen und hören konnte, auch dies funktionierte einmal um die Erde, also 40.000 Kilometer. Dann ging es weiter mit dem sogenannten Internet bis zum heutigen Körper-Transporter. WKTM 100 ist die letzte

Entwicklungsstufe, die 100 soll auf die 100 Jährige Entwicklung hindeuten.

Wie alles begann: Ich bin Journalist, mein Name ist Ben Carter. Auch wenn wir uns alle gern mit dem WKTM 100 überall und sofort hin transportieren können, eine Zeitschrift gibt es immer noch. Und hin und wieder braucht jeder seine Ruhe. Heute besuche ich Lou Eisenberger, er war Entwicklungsingenieur bei GP BODY SPEED MAX. Sein Vater war der Entwickler des weltersten Kalt-Körper-Transport-Kondensators KKTK 01 A. So viel wie möglich möchte ich darüber erfahren, denn nach dem letzten Totalausfall des Internets, durch den Asteroid Protonom 26 A, sind viele Speicher völlig leer. Heute hat man daraus gelernt, auf dem Mars und auf dem Mond sind Speicher, auf die jederzeit zugegriffen werden kann. Natürlich befinden sich dort auch Abwehrsysteme gegen Asteroiden. „Dr. Clint Eisenberger, mein Vater, hatte die Idee, Dinge innerhalb der Firma blitzschnell von Ort A nach Ort B zu bringen. Seine Laborassistentin Ruth war einfach nicht schnell genug“, so begann Ben Carter seine Erzählung. „Seine Überlegung ging dorthin, dass er sich zwei parallele elektrische Platten vorstellte, zwischen denen, wie bei einem Kondensator, ein elektrisches Feld entsteht. Die gespeicherte oder dorthin gebrachte Energie müsste ausreichen, um einen Gegenstand wieder in die Ausgangsform zu verdichten. Mit viel Überlegung, sehr viel Geld und noch mehr Zeit entwickelte er mit seinem Team den ersten Kaltkörper-Kondensator. Anfänglich mussten sie mit Problemen rechnen, dass war ihnen bewusst. Der Tag des ersten Experiments vor den Firmen-Bossen stand an. In den Start-Kondensator stellte Carter eine leere Kaffeetasse, diese begleitete ihn seit seiner Studienzeit, ein Zeichen seines Vertrauens zu der Maschine. Nun gingen alle in den Nachbarraum, überzeugten sich, dass zwischen den Kondensatorplatten nichts steht, etwa ein Duplikat der Tasse. Die Maschine wurde eingestellt, die Spannung hochgefahren, ein Kribbeln war bei allen zu spüren, immerhin erreichte die Maschine Gigawatt; oder waren es noch mehr? Nun, ich weiß es nicht mehr!", sagte Lou Eisenberger. „War es ein Erfolg?", fragte ich ungeduldig. Eisenberger fuhr fort: „Ja, in der Tat! Die Kondensatorplatten mit der gewaltigen Energie zerlegte die Tasse! Ein Computer speicherte die Struktur des Objektes, also der Tasse, und leitete die Informationen an den Ziel-Kondensator. Dort baute sich die elektrische Energie auf, die Informationen verdichteten sich dort wieder zu einer Tasse!" „Gut so, Eisenberger! Und nun das Ganze mit einem frischen heißen Kaffee!", sagte der Chef der Firma. „So weit sind wir noch nicht, wir können nur feste Stoffe transportieren, keine flüssigen und schon gar keine lebenden!", entgegnete Eisenberger. „Die Zeit verging für meinen Vater viel zu schnell. Einen 48-Stunden-Tag hätte er gern. Aber es kam der Tag, da er den Durchbruch schaffte. Er wandelte das Wasser, in diesem Fall den Kaffee, in einen festen Gegenstand um. Die Computer konnten damals nur den augenblicklichen Zustand erfassen, also fror mein Vater den Kaffee ein. Es klappte, alle waren begeistert und erstaunt darüber, dass im Zielkondensator der Kaffee sehr heiß gewesen ist. Das lag natürlich an der hohen Energie. Die Tasse selbst und andere Gegenstände waren ja auch wie aus dem Backofen. Die Angst einen lebenden Körper zu transportieren war natürlich begründet. Die Computerleistung lies ja nur den augenblicklichen Zustand zu, was ist, wenn sich das Tier oder der Mensch bewegt? Dann fehlen nachher Körperteile und Mensch oder Tier sind tot. Lange dauerte es wieder, bis die Computer mehr geleistet haben. Tierversuche waren tabu, der erste freiwillige Proband starb an den Folgen des Einfrierens und des wieder Auftauens. Das Einfrieren war nicht das Problem, das gab es bereits und wurde mit Erfolg praktiziert. Das Problem war die Hitze der Transport-Energie. Der Körper kam komplett im Ziel-Kondensator an, aber der Kühlanzug half nicht. Nun, ich möchte den Anblick hier nicht weiter ausführen. Mein Vater zerbrach an diesem Anblick. Ja, das waren die Anfänge der Körper-Transporter." „Wie wurde der Durchbruch geschaffen?", fragte ich. „Ich kam nach dem Studium in die Firma, wollte Vaters Traum fortsetzen, er war mittlerweile verstorben. Die Computer waren so leistungsstark, dass alles erdenkliche damit gemacht werden konnte. Auch das Denken, sogar ohne Gehirn, von Verstorbenen wurde erst konserviert, später zum Leben, zumindest zum Denken, gebracht. Meine Idee war es nun, keine zwei Platten, wie ein Kondensator, sondern eine Box zu konstruieren, die dreidimensionale Körper darstellen kann. Diese wird dann mit dem Denken des zu transportierenden Menschen bestückt. Der Mensch wird dann nicht gebacken, sondern seine Körpertemperatur bleibt erhalten. Es handelt sich dabei aber nur um ein Duplikat des Menschen, aber mit seinem Denken. Ich selbst war die erste Testperson. Soweit verlief alles Ordnungsgemäß, lediglich fehlten mir im Ersatzkörper die Gefühle jeglicher Art. Der nächste Schritt waren

Boxen, in denen der augenblickliche Zustand gescannt wurde und die sofortige Übermittelung jedes Atoms in die Zielbox stattfand. Das war der Durchbruch. Mit einem Lähmungsgas fiel man liegend in eine Starre. In die Zielbox wurde sofort ein Aufwachgas gesprüht, das war es. Wieder war ich der erste Kandidat dafür. Und? Was würden Sie sagen, ich bin doch noch ganz fit, oder?“, flachste Eisenberger und lachte laut. „Ja, in der Tat! Was sind die nächsten Ziele in dieser Richtung?“, fragte ich. „Mein Sohn arbeitet nun an der Transportation ohne Kabel- und Glasfaserleitungen, sondern durch Lichtwellen. So könnten wir jeden Ort im Weltraum erreichen, wo sich künftig ein Ziel-Modul befindet!“, sagte Eisenberger zu mir. „Das sind ja herrliche Aussichten für die Menschheit. Und Gelder werden gut angelegt, wozu braucht man auch Panzer und die Rüstung!“, mit diesem Satz beendete ich das Interview. Nun geht es in die Redaktion, ich werde wohl das Fahrrad nehmen!

Der Zug nach Nirgendwo

Endlich kam er, der lang ersehnte Zug. Sie stiegen alle ein. Urlauber, Pendler, Berufstätige und andere Fahrgäste. Langsam kam er in Gang, der ICE. Dass er sein Ziel niemals erreichen würde, ahnte zu diesem Zeitpunkt noch niemand.

Erich Braun, ein herzkranker Rentner 75, saß mit Helga Steiger, Angestellte in einem Großkonzern, zusammen.

Beide kamen aus Frankfurt und wollten in Italien ein wenig Urlaub machen. Dann waren da noch Gabi Klein, 19, Studentin der Medizin. Sie wollte Kinderärztin werden. Und Manfred Holten, Polizist im Ruhestand 80 Jahre, er schwärmte immer noch von seinem Beruf. Er hatte mit großer Leidenschaft seinen Job ausgeübt. Es sollte ein Verwandtenbesuch werden. Andere Fahrgäste fuhren aus unterschiedlichen Gründen mit. Der Schaffner des Zugs war ein etwa 25 Jahre alter Familienvater, der sich jedes Mal ungern von seiner Familie trennte, bevor er eine so lange Bahnfahrt antrat. Ablösung gab es nicht. Nur er war für diesen ICE verantwortlich. In angemessener Schnelligkeit fuhr der Zug durch die Lande. Die Fahrgäste waren bester Stimmung und nichts deutete darauf hin, dass der Zug sein Ziel vielleicht nie erreichen würde. Das Leben der Menschen, die hier auf die Reise gingen, sollte sich grundlegend ändern. Erich Braun trug einen Herzschrittmacher. Ohne diesen wäre ein Leben für ihn nicht mehr denkbar. Er nahm wieder intensiv am Leben teil, seit er ihn trug. Aber etwas stimmte nicht. Er wurde plötzlich furchtbar müde und merkte, dass sich sein Herzschlag verlangsamte. „Unmöglich", dachte er. Um seinen Blutdruck zu messen, nahm er immer ein Messgerät mit. Sein Blutdruck war extrem gesunken. Normalerweise hätte er schon tot sein müssen. Noch ehe er diesen Gedanken zu Ende denken konnte, fiel er in einen Tiefschlaf. Helga Steiger war als Angestellte eines Großkonzerns und immer noch mit ihren Gedanken im Büro. Ein wichtiger Auftrag war zu bearbeiten und sie versprach, den noch im Urlaub zu bearbeiten. Schließlich war sie die rechte Hand vom Chef und wollte ihn nicht enttäuschen. Auch sie viel in einen Tiefschlaf. Manfred Holten war es, als alter Hase im Polizeidienst, gewohnt, lange wach zu bleiben und konnte gut gegen die Müdigkeit ankämpfen. Die Jüngste im Zug war Gabi Klein mit ihren 19 Jahren. Auch sie ist sehr schnell eingeschlafen. „Eigenartig“, dachte Holten, „ alle hier im Zug fallen fast gleichzeitig in einen Tiefschlaf. Da kann doch etwas nicht mit rechten Dingen zugehen.“

Auch der Schaffner hatte Schwierigkeiten, sich auf die Zugfahrt zu konzentrieren. Er trank einen Kaffee nach dem anderen, um sich wach zu halten. Bald musste eine Weiche kommen, die den Zug umleiten würde. Er musste aufpassen, denn er hatte Verantwortung für die Insassen des Zuges zu tragen. Frank Seifert konnte immer schlechter seine Augen offen halten. Nun war auch er eingeschlafen. Der Zug fuhr allein, wie von Geisterhand gesteuert. Manfred Holten überkam eine panische Angst. Er lief nach vorne, um nachzusehen. Alle schliefen fest, nur er eben nicht. Er bemerkte, dass nun auch noch der Zugführer schlief. Was war nur hier los? Er versuchte sich ans Steuer des ICE zu setzen. Der Zug entwickelte ein Höllentempo. Irgendwas drückte ihn dermaßen stark nach hinten. Eine Kraft, die unbeschreiblich war. Er hatte keine Möglichkeit in das eigenartige Geschehen einzugreifen. Schockiert und mit angstvoll geweiteten Augen ging er wieder zurück auf seinen Platz. Plötzlich hatte er kein Zeitgefühl mehr. Seine Gedanken waren total wirr. Er wusste nicht mehr, dass er mit der Bahn fuhr, geschweige denn, wer er war. Frank Seifert wurde wach. Was war geschehen? Alles war ruhig. Totenstille im Zug. Ihm war übel. Seine Armbanduhr und die Zug-Uhren standen still. Frank schaute hinaus und musst mit Schrecken feststellen, dass sich dieser Zug nicht dort befand, wo er hätte sein müssen. Jetzt war eigenartigerweise das Tempo gedrosselt. Der ICE schwebte förmlich über die Gleise. Die Vegetation war nicht die, die er kannte. Die Bäume standen in leuchtenden Farben da. Büsche mit berauschend rot farbigen Früchten und Blüten... so hoch... wie die höchste ausgewachsenen Tanne, die er normalerweise von seinem Heimatplaneten kannte. Seine Sinne spielten immer noch verrückt. Er befand sich in einem Zustand der Willenlosigkeit und Verblendung. Mittlerweile erwachten die Fahrgäste, einer nach dem anderen. Manfred Holten, ehemaliger Polizist, war der Einzige, der ganz klar denken konnte. „Was ging hier vor sich?" Immer wieder stellte er sich die gleiche Frage. Wieder fuhr der Zug mit einer sehr hohen Geschwindigkeit. Aber das Gefühl blieb, dass sie in Wahrheit nur ein kleines Stück weiter gekommen sind. Und er sollte Recht behalten.

Keiner der Insassen nahm mehr war, was geschah. Mit starren Augen stierten sie vor sich hin, als wären sie in eine andere Dimension eingetaucht. Die Panik erfasste Manfred Holten. Als ehemaliger Polizist verspürte er den Drang zu retten, was zu retten war. Die Disziplin, die er besaß, hinderte ihn daran zu verzweifeln. Was sollte er nur tun? Offensichtlich ging hier etwas schier Unbegreifliches vor sich. Wenig später hielt der Zug abrupt an. Frank Seifert kam aufgebracht ins Abteil und wollte sich nach den Fahrgästen erkundigen. Aber alles war still. Keiner sagte einen Ton. Er und Holten mussten jetzt versuchen aus dieser Situation wieder herauszukommen. Alles erschien ihnen sinnlos, unbegreiflich und unwirklich. Die anderen Fahrgäste waren immer noch in ihrer Starre gefangen. Eine äußerst eigenartige Vegetation war zu sehen. Das konnte es einfach nicht geben. „Wo sind wir, Frank?“, rief Manfred. „Ich kann es dir nicht sagen, habe panische Angst, ich kann dir nicht sagen, wie groß sie ist.“ „Mir geht es genauso.“, sagte Frank Seifert. Wieder langsamer, fast schon gespenstisch langsam, fast schwebend, ging die Fahrt weiter. Doch in Wirklichkeit bewegte er sich keinen Millimeter von der Stelle. Anscheinend sollten die Insassen nur dieses Gefühl bekommen. Aber wer war dafür verantwortlich? Was oder wer waren sie? Und warum das Ganze? Frank sagte: „Wenn wir jemals wieder nach Hause kommen sollten, kein Mensch wird uns diese Geschichte glauben.“ Manfred Holten und Frank Seifert waren die Einzigen, die noch realisieren konnten, was um sie herum geschah. Alle Uhren funktionierten wieder. Als sie vom Frankfurter Hauptbahnhof abfuhren war es 20 Uhr. Es waren jedoch nur 10 Minuten vergangen. Wie konnte das möglich sein? Nachdem was sich hier ereignet hatte und nach ihrem Gefühl mussten eigentlich mehrere Stunden vergangen sein. Ruckartig stand der Zug still. Plötzlich ging die Tür des Zuges auf. Ein hochgewachsener Mann, oder besser gesagt ein Wesen, betrat das Abteil. Er oder sie hatte keine Haare. Nein, der Ausdruck des Gesichts war nichtssagend. Ein großes

Auge war vorhanden, das sich in der Mitte des Gesichtes befand. Statt der Nase war ein Loch zu sehen. Einen Mund und Ohren besaß dieses Wesen nicht. Dafür konnte es auf telepathischer Ebene mit den Männern Verbindung aufnehmen. „Ihr habt einen Zeitsprung in eine andere Dimension gemacht. Eine Welt, in der es eigentlich alles gibt, doch etwas Wichtiges fehlt noch... sonst können wir nicht auf Dauer existieren. Die Emotionen fehlen uns. Wir haben keine Gefühle. Wir wollen wissen wie man Liebe empfindet. Die Gefühle dieser Menschen hier im Zug, haben wir abgespeichert. Wir werden sie genau untersuchen. Wenn wir dies getan haben, lassen wir euch wieder weiterfahren. Ihr werdet wieder klar denken können und euch an nichts mehr erinnern. Ja, es wird für euch schwer zu verstehen sein. Auch wenn wir in der Entwicklung viel weiter sind als ihr hier auf der Erde, so fehlt uns doch etwas ganz wichtiges. Die Gefühle und die Liebe würden uns ein weiterleben in Glück und Zufriedenheit garantieren. Wir haben gemerkt, dass ihr durch diese Eigenschaften zu ganz anderen Dingen fähig seid. Die Lebewesen auf unserem Planeten gehen stur aneinander vorbei, können nicht weinen und nicht lachen." Seifert unterbrach ihn und stellte eine Frage: „Aber wie wollt ihr Gedanken und Gefühle untersuchen?" Der Außerirdische antwortete: „Wir können sie auf spezielle Datenträger abspeichern. Sie sind dann Mehrdimensional sichtbar. Das ist für uns eine Kleinigkeit. Wir können Gedanken und Gefühle sichtbar machen. Mit unseren Fähigkeiten, unserem Wissen und unserer Technik ist eigentlich alles möglich. Doch wie gesagt, es fehlt etwas Wesentliches. Wir hoffen, diese besonderen Eigenschaften, die euch auszeichnen, auch zu bekommen. Wir haben nun genug Material gesammelt." Dann ging er, ohne ein weiteres Wort zu sagen. Langsam setzte sich der Zug in Bewegung und fuhr gemächlich seinem ursprünglichen Ziel entgegen. Nach und nach wurden alle Fahrgäste wach. Niemand konnte sich an die Vorfälle im Zug erinnern. Eine ganz normale Zugfahrt ging weiter, als wenn nie etwas vorgefallen wäre.

Die Zugfahrt in eine andere Dimension war zu Ende.

Die Erfindung des Wolfgang von Bertol

Immer wieder trug ich meine neusten Erkenntnisse in mein Tagebuch ein, immer wieder belächelte man mich, andere Jugendliche spielten Fußball, aber ich wollte in den Weltraum. Heute bin ich Master Gretsch bei den Moriden, das ist so etwa der Professor-Status auf der Erde. Aber der Reihe nach.

Aus dem Tagebuch des Wolfgang von Bertol: Es ist ein Tag wie jeder andere, die Schule war öde, alles ist so langweilig, in Mathe gab es wieder eine 1, heute ist der 5. Mai 1975, morgen habe ich Geburtstag und werde 15, hoffentlich gibt es keine Unterwäsche, ich brauche dringend die Kondensatoren und die Transistoren!

Ja, so und so weiter, trug ich alle Ereignisse in meine Tagebücher ein. Bereits mit 13 Jahren hatte ich die Idee, dass ich irgendwann in den Weltraum reisen wollte, die unendlichen Welten kennenlernen und Außerirdische „Freund“ nennen möchte. Mein großer Vorteil war, dass meine Familie sehr viel Geld verdiente, mir wurde jeder Wunsch erfüllt, obwohl meine Eltern dabei mehr an Reiten, Tennis und Golf dachten, nicht etwa an Experimente, Explosionen und einsame Laborarbeit. Mit 16 Jahren waren meine Berechnungen komplett, nun gut, Rückschläge gab es immer,

Verbesserungen erst recht. Ein Stahlgestell, rund wie ein zirka fünf Meter großer Ball und in der Mitte ein Autositz – ich nahm extra nicht Vaters Sitz aus dem Rolls, Mutter hatte im Pferdestall noch ihre Ente stehen, den Sitz borgte ich mir – so sah meine Erfindung aus. Die Stahlstangen in Kreisform berührten sich nicht, schwere Stahlkugeln mit einer Durchbohrung liefen auf diesen Stangen. Ja, vereinfacht gesagt, es sah aus wie Elektronen, die um den Atomkern kreisen, ich habe dabei mit meinem Autositz auf dem Atomkern gesessen. Ich gehe nur ungern darauf ein, aber jeder wird sich fragen, wie der Antrieb erfolgen sollte, wie die Kugeln zu bewegen sind, da sage ich nur ... Plutonium ... mehr nicht! Außer in diversen Spielfilmen kam man auch in den 1970-er Jahren nicht so ohne weiteres an Plutonium, schon gar nicht mit 16. Der erste Versuch war recht holprig. Ich schaltete die Elektronik ein, vier Autobatterien lieferten den Strom. Mit dem rechten Joystick, vom Computer, steuerte ich die Höhe, der Joystick links war für die

Himmelsrichtungen. Die Kugeln liefen nicht synchron, das ganze Teil holperte über die Wiese, hüpfte fünf Meter nach oben, ich fiel heraus und brach mir ein Bein. Die Wochen danach standen unter dem Stern, Schule, Berechnungen, Berechnungen und Berechnungen. Danach hatte ich die Formel für den Synchronlauf der 20 Stahlkugeln. Außerdem entwendete ich aus Onkel Hans' neuem Audi den Sicherheitsgurt.

Aus dem Tagebuch des Wolfgang von Bertol: Heute hatte ich zwei Flüchtigkeitsfehler in Physik, ärgerlich, es gab nur eine Zwei. Gleich baue ich den Beifahrersicherheitsgurt aus dem Audi von Onkel Hans, der kriegt eh keine Frau ab! Vier Monate später startete ich nun einen weiteren Versuch! Mit dem Traktor fuhr ich den Anhänger mit ALBERT 01 auf die Wiese. Ja, ich taufte meine Raumschiffkugel nach meinem Vorbild. Zuerst einmal gurtete ich mich an. Die Wasserflaschen waren gefüllt, nicht etwa zur Kühlung, ich würde bestimmt Durst bekommen, schließlich regnet es über den Wolken nicht. Nun startete ich die Maschine. Die Kugeln bewegten sich langsam im Kreis, rauf und wieder runter, alles synchron. Jetzt kam der große Augenblick, vorsichtig zog ich den rechten Steuerknüppel zu mir. Nun beschleunigten die Kugeln auf dem Weg nach oben und verlangsamten sich nach unten. Das war meine eigentliche Erfindung, so wollte ich das Erdmagnetfeld überwinden. Die sich immer schneller nach oben bewegten Kugeln ließen mich kontrolliert aufsteigen. Auch die Bewegungen in alle Himmelsrichtungen funktionierten.

Aus dem Tagebuch des Wolfgang von Bertol: Nun ist es soweit, ich starte erneut einen Versuch! Liebe Eltern, macht euch keine Sorgen, falls ich nicht abstürze, bin ich heute noch im Weltraum! Danke für euer Vertrauen und die Liebe zu mir. Ich liebe euch! Zügig war ich auf 1.500 Meter, so hoch fliegen Hubschrauber. Hoffentlich würde ich von Himmelsbeobachter nicht als UFO identifiziert werden. Bei etwa 5.000

Metern wollte ich stoppen, denn das war die Absprunghöhe der Fallschirmspringer, aber ich wagte mich weiter hoch. Alles verlief reibungslos, ich sah den Horizont zum Weltraum. Höher, höher, höher ... Ich wollte mehr. Bei irgendeiner Flughöhe wurde ich dann wohl ohnmächtig.

In einem hellen Raum mit ärztlichen Instrumenten und Geräten erwachte ich. Eine Stimme aus einem Lautsprecher sprach zu mir: „Wolfgang, es geht dir wieder gut. Du wurdest ohnmächtig, hast bei aller Begeisterung nicht an den Sauerstoff gedacht. Wir haben dich abgefangen, deinem Fluggerät ist nichts passiert. Seit vielen Jahren beobachten wir dich. Wenn du abends in den Weltraum geschaut hast, so waren wir der helle Punkt. Deine Gedanken und Wünsche konnten wir hören. Auf jeden Fall wollten wir auf dich aufpassen. Wenn du keine Angst hast, dann möchten wir uns nun zeigen."

Etwas kleinere Wesen kamen auf mich zu, begrüßten mich herzlich. Mit dem

Sprachenumwandlungsmodul verständigten wir uns, ich war begeistert! Das ist nun fast vierzig Jahre her, ich bin immer noch bei meinen außerirdischen Freunden. Wie gesagt, ich arbeite nun hier als Professor, unterrichte Schüler und in meiner Freizeit arbeite ich an der Vervielfachung der Lichtgeschwindigkeit, auch wenn mein großes Idol Albert, das nicht für möglich hielt. Aber ich hielt es auch nicht für möglich, bis zum Kern, dem Big Bang, des Universums zu reisen, ich wünschte es mir wohl.

Aus dem Tagebuch der Gräfin Hildegard von Bertol: Unser Sohn hat uns verlassen. Er musste das tun, was er tun musste. Wolfgang ist nicht tot, er ist lediglich auf einer langen Reise!

Leben im Plasma – Aufbruch in das Universum

Das Volk der Ubir lebte einst auf einem wunderbaren Planet. Ihr technischer Forscherdrang war unermüdlich. Durch eine zufällige Erfindung lernten sie mit Plasma umzugehen. Ob Sterne oder leuchtende Bereiche des Universums, vieles befindet sich im Plasmazustand. Viele Wissenschaftler arbeiteten an Geschwindigkeiten weit über der uns bekannten Lichtgeschwindigkeit. Ihre Idee war es, mit einem Raumschiff geradlinig durch das gesamte Universum zu fliegen, ohne auf Meteoriten oder gar Sonnen Rücksicht zu nehmen. Bei so hohen Geschwindigkeiten reichte bereits die Kollision mit einem Staubkorn für die Zerstörung eines Raumschiffs. Im Plasmazustand könnte man ohne weiteres eine Sonne durchfliegen.

Die Ubir veränderten sich im Laufe der Zeit. Mit Hilfe des Plasmas hatten sie keine Sorgen, im Winter zu frieren. Sie konnten sich mit Plasma fortbewegen, ihrer Fantasie war einfach keine Grenze gesetzt, wie und was sie alles mit Plasma bewirken konnten. Ihre Körper verlagerten sich immer mehr auf die Fähigkeit zu Denken. Der Kopf wurde von Generation zu Generation größer, der Rumpf hingegen immer kleiner. Arme und Beine verloren Muskeln. Mit Hilfe der elektrischen- und magnetischen Felder gelang es den Wissenschaftlern jede Form erscheinen zu lassen, die in ihren Vorstellungen existierte. Das erste Plasma-Raumschiff entstand. Mit einer etwa 100fachen Lichtgeschwindigkeit rasten die ersten Testflieger des Raumschiffs Ubiron 100 durch das Weltall.

„Ubiron 100 an Basis. Hier Flieger Konron, wir steuern jetzt mit maximaler Geschwindigkeit auf den Stern PK 21 zu. In etwa 6 Tilenen werden wir in den Stern eintauchen“, so Navigator Konron. Auf der Basis zählte man mit... 5 Tilenen... 4... 3... 2... 1... Hinter dem Stern kam das Raumschiff herausgeschossen. Die Wissenschaftler jubelten. „Bravo, Konron. Glückwunsch!“ Nur, es antwortete niemand. Das Raumschiff schoss weiter und weiter durch den Weltraum und wurde nie wieder gesehen. „Die Lebenszeichen stehen auf null!“, rief Ärztin Gollores. Das Experiment ging schief. Die Ubir beherrschten zwar Zeit, Raum und Plasma, aber ihre Körper waren eben immer noch an ihre Biosphäre angepasst. Viele Generationen später, die Experimente liefen immer noch auf Hochtouren, die Körper waren nicht mehr wiederzuerkennen, näherte sich ein riesiger Stern ihrem Sonnensystem. Den Ubir blieben nur zwei Generationen, um eine Lösung zu finden. Wahrlich in letzter Sekunde, das sind in ihrer Zeitrechnung 0,00000001 Tilenen, gelang der Versuch, den Geist in einen Plasmakörper zu transformieren. Die Kollision stand bevor. Alle Ubir fanden sich auf den vielen Plasma-Raumschiffen ein. Einen Test, die Sonne zu durchqueren, gab es vorher nicht. Der Ur-Ur-Enkel des verschollenen Navigator Konron wagte den ersten Flug. „Wenn ich nicht lebend durchkomme, müsst ihr alle den Kurs um Sterne herum eingeben, dann ist nur leider keine Höchstgeschwindigkeit möglich. Leider werden wir dann vielleicht erst in Millionen Jahren eine neue Heimat finden." Wieder startete der Count Down: 5... 4... 3... 2... 1... Start!

„Ich bin durch, wir leben!", rief Navigator Romes. Alle Raumschiffe starteten. Tage später kollidierten die beiden Sterne. Die Ubir flogen einer neuen Heimat entgegen, nun begann das Suchen nach der Stecknadel im Heuhaufen.

Leben im Plasma – Der Kampf um die neue Heimat

Mittlerweile fliegen die Ubir seit acht Jahren durch das Universum. Ihre Sonne stieß mit einem anderen Stern zusammen und diese kosmische Katastrophe hätte niemand überlebt. Die Bevölkerung rettete sich in Plasmakörpern. Nun sind sie auf der Suche nach einer neuen Heimat. Die Technik, mit Plasma umzugehen und zu arbeiten, verfeinerten sie. Fast alles wurde realisiert. Alles, bis auf Gefühle und Nachkommen. Sie lebten ja in einem Plasmakörper. Würden sie überhaupt noch einmal einen Körper aus Fleisch und Blut erhalten? Doch sie konnten auch nicht sterben, sie waren plötzlich im Plasma gefangen, das was einmal ihre Rettung war, könnte nun zum ewigen Gefängnis werden.

Bei einer Reisegeschwindigkeit von 100-facher Lichtgeschwindigkeit, konnte man nicht mehr in Kilometern oder Lichtjahren rechnen. Sie flogen einfach durch viele Galaxien und hofften, dass die

Supercomputer irgendwann und irgendwo ein NOK SET anzeigt, was so viel wie „Lebensform“ heißt. Plötzlich wurden die Plasma-Raumschiffe abrupt gebremst. Ein riesiges Netz spannte sich um die Schiffe, es war Lichtjahre groß. „Ich kann das Material nicht identifizieren, Captain!“, rief der Wissenschaftsoffizier. Die Ubir waren in einer Art Spinnennetz gefangen, es umschlang sofort alle Plasmaschiffe. „Nionscht negrotan. Chromoden!“, ertönte es in beängstigender Tonlage. „Übersetzen!“, rief der Captain. Der Computer errechnete auf Grund der Tonlage und der Worte: „Verhalten Sie sich ruhig, Gefangene, wir sind gleich bei Ihnen!“ „Vorschläge!“, rief der Captain. Von allen Schiffen kamen Ideen und Ratschläge. Serensus, der Plasmaexperte überhaupt, riet: „Sofort unsichtbar machen. Wenn man uns so einfängt, dann heißt das nichts Gutes. Ich erarbeite Gegenmaßnahmen!“ Eine Flotte von riesigen Raumschiffen kam angeflogen und sah ein leeres Netz. „Gefangene, zeigt euch,

Widerstand nutzt nichts! Aus unserem Megatronen-Netz entweicht niemand!“

„Hier spricht der Captain der Ubir. Gebt den Weg frei, wir wollen nur in Frieden weiterfliegen.“ „Keine Chance, ihr seid unsere Gefangenen, tot oder lebendig, entscheidet selbst! In Kürze haben wir euren Code zur Unsichtbarkeit herausgefunden, dann ist sowieso alles vorbei!“ „Captain an Serensus. Jetzt wäre es wunderbar für eine Idee.“

„Einen Moment, Captain. Alle unsere Plasmaschiffe müssen mir jetzt die Kommandoberechtigung geben, habt Vertrauen, Freunde!“, so Serensus. Plötzlich füllte sich das Netz und dehnte sich gewaltig aus. Immer größer wurde es. Man kann behaupten, das Netz platzte aus allen Nähten. Die gegnerischen Schiffe waren plötzlich nur noch stecknadelgroß. Aus der Unsichtbarkeit zeigte sich ein gewaltiges Kriegsschiff. Die riesigen Kanonen waren auf die, jetzt jämmerlich erscheinenden, gegnerischen Raumschiffe gerichtet. „Zieht mit eurem Netz ab, ansonsten sage ich ‚Feuer frei!'", rief der Captain. Das Netz löste sich auf und die Raumschiffe flohen so schnell es ihr Antrieb zuließ. „Glück gehabt!", freute sich der Captain. „Ja, wirklich, aus diesem Netz wären wir nicht entkommen. Das ist ja eine kosmische Falle für alle Reisenden", sagte Serensus. Die Plasmaschiffe steuerten den Planeten an, von dem die Fallensteller gestartet waren. Sie fanden unendlich viele Gefangene vor, die für das Wohl der Fallensteller arbeiten mussten. Sie verrichteten immer wieder die gleiche Arbeit, konnten weder sprechen noch denken. Ihre Gehirne wurden einfach gelöscht und mit Arbeitsbefehlen gefüllt. Auch als die Fallensteller geflüchtet waren, hörten die Gefangenen nicht auf zu arbeiten. „Vorschläge!", rief der Captain. Jetzt meldete sich Neontra, sie war Expertin für Gehirnforschung und für die Verlagerung aus ihren Körpern in die Plasmakörper verantwortlich: „Wir übernehmen diese Körper! Ihr Geist und ihr Bewusstsein ist längst im Jenseits!" Nach etwa zwei Tagen war der Transfer vollzogen. Die Formel für das Megatronen-Netz gaben sie per galaktische Kommunikation an alle Planeten weiter. Die Ubir hatten ein Zuhause gefunden und die Arbeiter waren nicht umsonst geboren.

Ein Gruß aus dem Nichts

Hannelores Tagebuch:

„Ach, was soll ich sagen, seit 45 Jahren beobachte ich den Himmel. Jetzt werden langsam meine Augen schwach. Alle in der Familie habe ich mit diesem Virus angesteckt. Ist da etwas? Werden wir beobachtet? Sind wir alleine im Weltall? Jetzt möchte ich langsam meine Station hier in Bayern schließen. Morgen um 5 Uhr in der Frühe, kurz vor Sonnenuntergang, möchte ich noch einer eigenartigen Erscheinung nachgehen. Gute Nacht."

Um 5 Uhr saß Hannelore wieder vor ihrem Teleskop. Ihr Mann schlief noch und die Kinder waren schon aus dem Haus gezogen. Da war er wieder. Ein kurzer, heller Lichtpunkt. Gut, das Flackern kommt durch die Atmosphäre, aber das Licht war vor einiger Zeit noch nicht zu sehen. Vor 40 Jahren schon gar nicht. Hannelore hatte immer gute Gedanken. Ob das der Schlüssel zu den weiteren Ereignissen war? Sie schaute durch das Fernrohr, das Licht kam dicht auf sie zu. Plötzlich berührte sie jemand an der Schulter. War es ihr Mann? Nein, es war ein Lichtwesen. Eine schwebende, kugelförmige Form in vielen Farben im Inneren. Hannelore erschrak, nicht unbedingt solch eine Begegnung hatte sie sich gewünscht. Gut, vielleicht in anderer Form, sie hätte dann gerne einen Kaffee angeboten. Gerade wollte Hannelore eine Frage stellen. Soweit kam es einfach nicht. Da war die Antwort schon in ihrem Kopf. Auch weitere Fragen, wurden geklärt.

„Wir kommen vom äußeren Kreis des Universums. Wir existieren am längsten im Universum. Neid, Kriege und Eifersucht, das haben wir alles überwunden. Wir kommen und gehen durch die Schwarzen Löcher. Wir sind eine untrennbare Energie, jeder von uns. Wir kommen aus der anderen, besseren Dimension. Wir benötigen nur wenige Schritte zu euch und anderen Lebewesen. Wir bewegen uns mit Bega. Das ist sozusagen die Hier und Sofort-Geschwindigkeit. Wir sind zu dir gekommen, um dir zu sagen, es gibt Wichtigeres als Geld, Macht, Eifersucht und Kriege. Komm' einmal mit uns, wir zeigen dir den Kosmos. Entstehende Sonnen, riesige Sternhaufen, gewaltige bunte Wolken. Glaub uns, es ist faszinierend. Du bist unter Freunden, alle Fragen werden beantwortet. Du erkennst die wahre Liebe und Wärme."

Hannelore überlegte nicht lange, weckte ihren Mann. Schrieb eine Nachricht und legte den Brief auf den Tisch.

„Ihr lieben, wir sind unterwegs, wartet nicht mit dem Essen auf uns. Wir melden uns irgendwann und sind immer bei euch. In Liebe, Eure Eltern."

Mission BIG BANG

Das Raumschiff KOLOSSEUS 5000 ist eines der letzten Raumschiffe der Erde, das mit modernster Technik ausgestattet ist und das Universum erforscht. Erdbewohner gibt es seit mehr als 10.000 Jahren nicht mehr. Der letzte Stand der Technik ist die anderthalbfache Lichtgeschwindigkeit gewesen, sowie ein Lichtstrahl-Abwehrsystem mit 100 Strahlenkanonen rund um das riesige Raumschiff. Dies dient nun wirklich nur der Verteidigung. Das haben zwar die letzten Staaten auch gesagt, bevor es zum finalen Atomkrieg kam, aber die Besatzung der KOLOSSEUS ist sich dessen bewusst. Das Raumschiff soll nur der Wissenschaft und Forschung dienen. Trotz der gewaltigen Ausmaße, mit den fünfzehn Kilometern Länge, erreicht es mittlerweile die 20-fache Lichtgeschwindigkeit. Das Raumschiff ist nach dem superschnellen Computer KOLOSSEUS 01 benannt. Er ermittelt bei dieser hohen Reisegeschwindigkeit die genaue Route, eine Kollision mit Materie im Weltraum ist so unmöglich. Einzelne Atome werden aber eingesammelt und verwertet. Über Generationen hinweg fliegt das Raumschiff nun bereits zum Erkundungsort, dem

Beginn allen Seins, aller Materie, allen Lebens: DEM URKNALL. Die einzelnen Raumschiffe, die damals in den Weltraum gestartet sind, wurden mit unterschiedlichen Aufträgen in eine nicht bekannte Zukunft geschickt. ROMEUS 4 ist auf den Weg zum letzten Stern des gesamten Universums geschickt worden. Kommt außerhalb des Weltalls nichts mehr? Das war die Frage. Andere Raumschiffe sollen Planeten finden, damit die Menschheit überleben kann.

„Kapitän, die Signale des Urknall-Rauschens nehmen zu, wir können nun eindeutig sagen, aus welcher Richtung sie kommen!“, sagte der Wissenschaftsingenieur Jack Taylor.

„Kurs setzen, Jack! Dann treffen wir uns zur Lagebesprechung im Freizeitraum“, so Kapitän Brümmer. Die verantwortlichen Besatzungsmitglieder jeder Gruppe trafen sich im Freizeitraum, alle anderen hörten über Bordfunk die neusten Erkenntnisse mit. Jeder im Raumschiff hatte das gleiche

Mitspracherecht, ob die Küchenmannschaft, das Reinigungspersonal oder die Wissenschaftsingenieure – jede Gruppe entsandte einen Vertreter zur Lagebesprechung. „Kapitän an Besatzung!", ertönte es aus den Lautsprechern. „Wir sind nun in der fünften Generation auf dem Raumschiff KOLOSSEUS 5000. Eine große Familie sind wir geworden. Unsere Vorfahren auf diesem Schiff erhielten die Aufgabe, nach dem Urknall zu suchen. Viele Theorien sind entwickelt worden. Wir sind nun die Generation, die das große Rätsel lösen könnte. Was wird uns erwarten? Ingenieur Peter Müller vertritt die Meinung, dass der Urknall eine Überhitzung in einem anderen Parallel-Universum sei. Sozusagen, ein Loch im Raum, welches immer noch aktiv ist. Das würde bedeuten, dass uns eine gewaltige Strahlung entgegen kommt, zwar abgeschwächt, aber noch aktiv. Die Wissenschaftler Cliff Owens und Claudia Steiner sind dagegen der Meinung, dass der Urknall eine einmalige Sache war und längst zum Abschluss kam. Und das Millisekunden nach dem Knall. Das würde bedeuten, dass wir in einen leeren Raum bis zum Anfangspunkt hinein fliegen. Wir wissen nicht was uns erwartet, aber wir werden nun auf Höchstgeschwindigkeit gehen und in Richtung des Anfangspunktes des Universum Kurs halten!“ Die gesamte Mannschaft versetzte sich in Kälteschlaf und raste mit Höchstgeschwindigkeit auf den Mittelpunkt des Universums zu. Je näher sie zum Anfangspunkt kamen, umso vielfarbiger wurde der Weltraum. Sterne und Planeten gab es immer weniger, stattdessen farbige Wolken und Schleier. Immer tiefer stieß die KOLOSSEUS vor, immer näher und näher zum Mittelpunkt.

Auf der anderen Seite des Universums flog die ROMEUS 4 ebenfalls in eine ungewisse Zukunft. Hier verkündete Kapitän Steve Wagener: „Hier spricht Ihr Kapitän. Wir sind nun lange unterwegs. Unsere Vorfahren haben uns den Weg geebnet um zum äußersten Stern des gesamten Universums zu gelangen. Was wird uns erwarten? Gibt es nach dem äußersten Stern überhaupt Raum? Wird der Raum durch die Ausdehnung erst geboren? Oder knallen wir gegen eine Hülle, als seien wir in einem riesigen Luftballon? Wir werden es erfahren, demnächst haben wir den letzten Stern erreicht."

Auch die Mannschaft der ROMEUS 4 versetzte sich in Tiefschlaf und flog mit Höchstgeschwindigkeit auf den äußersten Stern des Universums zu. Je näher sie zum Endpunkt kamen, umso dunkler wurde der Weltraum. Sterne und Planeten gab es immer weniger, stattdessen dunkle Wolken und Schleier. Immer tiefer stieß die ROMEUS vor, immer näher zum Endpunkt.

Die Mannschaften erwachten. Die Wolken und Schleier, in die die KOLOSSEUS flog, wurden weniger, ebenso wie bei der ROMEUS. „Kapitän!", schrie Steuermann Wilsen vom Raumschiff KOLOSSEUS. „Schiff voraus!" Die KOLOSSEUS 5000 flog direkt auf die ROMEUS 4 zu.

Die Unendlichkeit des Weltalls ist nun wirklich Unendlich!

STAR MARSHAL – Gefahr aus dem Omnium

Wir schreiben das Jahr 2485. In der Memorial Hall gedenkt General Jackson der verschollenen Mitglieder Captain Lydia Gohr und Marshal Stan Thor. Bei einem Einsatz im Jahr 2480 kamen sie einem Schwarzen Loch zu nahe. Sie evakuierten alle Besatzungsmitglieder und versuchten das Polizei-Raumschiff STAR MAR 8 zu retten. Seither gelten sie als verschollen. Da noch niemand durch ein Schwarzes Loch geflogen ist, will General Jackson nicht von „getötet“ sprechen. Unter den Gästen befinden sich alle geretteten Marshals,

Deputys und Crew-Mitglieder der STAR MAR 8.

General Jackson: „Ich danke für ihr zahlreiches Erscheinen... ich selbst gab den Einsatzbefehl KL-456-UG4. Diese Zahlen- und Buchstabenkombination werde ich niemals vergessen. Mit Lydia Gohr haben wir eine erfahrene Ingenieurin, Wissenschaftlerin und Raumschiffkapitänin verloren. Sie konnte leider ihre wissenschaftlichen Erfahrungen vom Flug bis ans Ende des Universums nicht mehr veröffentlichen. Wertvolle Informationen nimmt sie nun mit in eine andere, vielleicht parallele Welt, ich hoffe es zumindest. Mit Marshal Stan Gohr verlieren wir einen der erfahrensten und erfolgreichsten Hüter des Gesetzes überhaupt... und ich einen Freund."

Auch Greg Gains hielt eine Rede: „Ich vermisse beide. Lydia war eine kompetente und erfahrene Kapitänin aller Schiffe, die sie befehligte. Mit Stan verliere ich den besten Freund. Viele Abenteuer haben wir erlebt.

Macht's gut Freunde, wo auch immer ihr euch jetzt befindet."

Die Gedenkfeier wurde durch einen L-Com-Ruf unterbrochen: „Hier Kontrollzentrale Mars B4. Wir haben ein Scan-Signal empfangen. General Jackson bitte melden."

Sofort verabschiedete sich General Jackson und flog zur Kontrollzentrale. „Wer ist zuständig?", fragte der General. „General, mein Name ist McLinch, ich bin Sicherheitsbeamter." „Was hat es mit dem Scan-Signal auf sich, McLinch?" „Normalerweise kommunizieren wir zwischen unseren Partnern, das sind 128 Planeten in der Milchstraße, mit L-Com. L-Com gleicht die Unterschiede zwischen Zeit und Lichtgeschwindigkeit aus. Des Weiteren hören wir die kosmische Mikrowellenhintergrund-strahlung, nicht zu verwechseln mit der kosmischen Hintergrundstrahlung. Die Mikrowellenhintergrundstrahlung ist kurz nach dem Urknall entstanden. Nun haben wir eine zusätzliche Strahlung entdeckt.

Unser L-Com-Signal ist künstlich, von intelligenten Wesen. Die Strahlung vom Urknall ist eine natürliche Strahlung. Und genau darauf entdeckten wir eine Strahlung, die die Urknallstrahlung als Trägerfrequenz ausnutzt. Die wiederum scannt alles und jeden. Die Frage ist, wozu und wer steckt dahinter?" General Jackson war besorgt. „McLinch, das hat jetzt Priorität. Kontaktieren sie alle 128 Planeten. Eine andere Macht hat nur friedlich mit uns Kontakt aufzunehmen. Gescannt zu werden halte ich für keinen friedlichen Akt. In 24 Stunden erwarte ich sie im Star Marshal-Hauptquartier.

Auch Marshal Greg Gains wurde ebenfalls geladen. Gespannt warteten alle Anwesenden auf den Bericht. „Das Problem ist", so McLinch, „dass sich diese Scanwelle auf der Urknallstrahlung in entgegengesetzter Richtung fortbewegt. Das heißt, die Urknallstrahlung kommt aus der Region, in der der Urknall stattfand, dem Mittelpunkt also. Die Scanwelle hingegen kommt entweder vom äußersten Rand des Universums oder darüber hinaus."

„Jetzt fehlt uns Lydia Gohr. Sie flog bereits über die Grenzen des Universums hinaus.", sagte General Jackson. McLinch war überrascht: „Das verstehe ich nicht, das ist nirgendwo dokumentiert." „Es war ein Geheimauftrag. 2478 startete das Technik-Raumschiff LOGROS 07 mit Prof. Isaak Greg zu dieser Expedition. Lydia war Captain. Der Professor experimentierte mit Dunkler Energie als Antrieb. Es funktionierte, war aber unberechenbar. Wo ist der Professor heute?", fragte der General. Marshal Norman meldete sich zu Wort: „Das Raumschiff LOGROS 07 ist zerstört. Mit meiner Crew rettete ich damals den Professor und die Mannschaft. Heute arbeitet er auf dem Raumschiff LIVER ONE." „Wir setzen die Konferenz fort, wenn der Professor hier auf dem Mars ist. McLinch, sie sind jetzt im Team. Kontaktieren sie den Professor. Und denken sie daran, Geheimhaltung dieses Projekts ist angesagt.

Die Trüpiden kamen uns schon einmal dazwischen.“, so der General.

Nach vier Tagen traf sich die Gruppe aufs Neue. Professor Greg brachte viele Unterlagen mit. „Professor, wir haben das Problem, dass wir so schnell es geht an den Rand unseres Universums gelangen. Was sind ihre Vorschläge?“, forderte der General.

„Nun, meine Damen und Herren“, begann Professor Isaak Greg seinen Vortrag und fuhr fort, „damals experimentierten wir mit der Dunklen Energie. Sie ist schwer zu bändigen gewesen. Captain Lydia Gohr und die Crew der LOGROS 07 kämpften ganz schön mit dem Schiff, um Kurs zu halten. Danach habe ich mich zurückgezogen. Unser Außensatellit Neptun B6 konnte weitere Gravitationswellen messen. Albert Einstein entwickelte alles in der Theorie und am 11. Februar 2016 folgte der Beweis für Gravitationswellen. Es wurde bis heute zwar experimentiert, aber ich stelle ihnen nun den Durchbruch vor. Eine Gravitationswelle durchquert die vierdimensionale Raumzeit, sprich den Raum in dem wir leben, mit nur Lichtgeschwindigkeit. Abstände werden dabei gestaucht und gestreckt.“

„So weit, so gut, Professor, aber mit nur Lichtgeschwindigkeit sind wir eventuellen Angreifern von außen doch völlig unterlegen.“, sagte Marshal Gains.

„Ja, natürlich. Ihre Star Marshal-Raumschiffe fliegen mit Überlichtgeschwindigkeit. Nun stellen sie sich vor, sie fliegen mit Überlichtgeschwindigkeit und ich bin bereits am Ziel, bei nur Lichtgeschwindigkeit. Ich arbeite mit der von meinem Team und mir entwickelten Chromoswelle. Sie faltet den Raum wie eine Sinuswelle. Ihr Schiff muss nun die Sinuswelle abfliegen um zum Ziel zu kommen. Natürlich merken sie nicht, dass sie auf einer Sinuswelle fliegen, besser gesagt, einen gefalteten Raum abfliegen, denn der Raum scheint geradlinig.

Ich hingegen fliege gerade durch diese Sinuswelle hindurch und das nur mit Lichtgeschwindigkeit. Mein Weg ist nur ein Bruchteil. Hier ein Schaubild dazu.", so der Professor.

„Meine Damen und Herren. Wir wollen keine Zeit verlieren. Ich glaube, wir haben das Prinzip verstanden. Professor, ist ihr Raumschiff LIVER ONE einsatzbereit?", fragte General Jackson.

„Ja, das Schiff ist einsatzbereit. Zusätzlich können wir acht Schiffe ihrer Star Marshal-Flotte mit in die Chromoswellen-Glocke nehmen.", laut Professor Greg. „Gut, denn wir wissen nicht was uns erwartet. Marshal Gains, sie leiten diese Aktion. Marshal Norman, sie sind ebenfalls dabei. Eine Sicherheitsmannschaft wird den Professor und seine Crew auf der LIVER ONE begleiten. Ich gebe den Einsatzbefehl KL-565-UG4.

Kommt mir bitte alle wieder zurück, ich denke da an Marshal Stan Thor und Captain

Lydia Gohr.“, befahl General Jackson vom Mars Hauptquartier.

Die Vorbereitungen liefen auf Hochtouren. Deputy Norgon ging mit einer Sicherheitsmannschaft auf die LIVER ONE. Professor Isaak Greg erklärte alle technischen Funktionen der Chromoswelle. „Wir haben die Möglichkeit, für uns den Raum zu verkürzen, indem wir für die Chromoswellen stauchen. Unsere Gegner müssen so einen längeren Weg fliegen.“, erklärte der Professor. „Verstehe, nun müssen wir nur noch unsere Gegner kennen.“, sagte Deputy Norgon.

Über L-Com ertönte: „Hier Star Marshal Hauptquartier. Die nächste Scan-Welle wurde bemerkt. Wir geben den Einsatzbefehl frei. STAR MAR 17... Marshal Gains... STAR MAR 18... Marshal Korogon... STAR MAR 27... Marshal Stark... STAR MAR 31... Marshal Fenston... STAR MAR 34 Marshal Clinton... STAR MAR 44... Marshal Wegros... STAR MAR 45... Marshal Ustinov... STAR MAR 48... Marshal Lynn.

Zu erwähnen ist, dass Deputy Fenston die Prüfungen zum Marshal bestanden hat. Alles Gute Marshal Fenston. Hauptquartier Ende."

Die STAR MARSHAL-Police-Raumschiffe formierten sich um die LIVER ONE herum. Professor Greg leitete den Start der Chromoswelle ein. Ein riesiger Generator wurde eingeschaltet. Er war genau in der Mitte des Raumschiffs positioniert. Die Welle verzerrte den Innenraum. Jetzt verzerrte das gesamte Raumschiff. Nun stellte Professor Greg außerhalb der LIVER ONE den Bereich ein, indem sich alle STAR MAR-Raumschiffe befanden. Der Navigator stellte die Richtung ein, aus der das Scan-Signal ausgesendet wurde. Innerhalb der Raumschiffe bemerkte man absolut nichts von einem Falten des Raums.

3... 2... 1... START!

„Ich merke nichts. Ist der Chromoswellen-Generator ausgefallen?", fragte Marshal Greg Gains. „Im Gegenteil, Marshal, wir sind nur mit Lichtgeschwindigkeit unterwegs und haben bereits 10% des Raums geschafft.“, so der Navigator der STAR MAR 17.

„Na, das reicht ja um ein, zwei Kurzgeschichten vom Autorenteam Sültz auf Sylt zu lesen. Deren Science Fiction-Geschichten waren damals atemberaubend.“, flachste der Marshal.

Die Mannschaften berieten sich über den bevorstehenden Einsatzplan. Es ist natürlich schwierig, denn den Gegner kennen sie nicht. Eines stand nur fest, es handelte sich bei der Scan-Welle nicht um ein natürliches Phänomen.

Die Mannschaften ruhten bis zum Ziel aus. Nur der Professor war im Stress. Er überwachte alle Instrumente, war aber auch zugleich sehr stolz, dass der Generator so gut funktionierte. Während des Flugs stauchte der Professor die Chromoswelle immer mehr. Das bedeutete, dass bei gleicher Geschwindigkeit immer mehr Raum durchflogen wurde. „In 28 Tagen, nach irdischer Zeit, sind wir am Ziel.“, verkündete er. „Das Ziel wird in 25 Zentilonen nach Sternenzeit erreicht werden. Die Raumzeitstauchung wird nun der normalen Raumzeit angepasst.“, meldete der Zentralcomputer der LIVER ONE. Das bedeutete, das Ziel war etwa noch 14 Lichtjahre entfernt. Bei 0,2 Lichtjahren stoppte die LIVER ONE komplett. „So, meine verehrten Damen und Herren. Mein Auftrag ist erfüllt.“, sagte der Professor stolz ins L-Com. Alle beglückwünschten ihn. Nun waren die STAR MAR-Raumschiffe gefragt. Erstaunt schauten sie in den leeren Raum. Hinter ihnen lag das Universum. Vor ihnen lag das Nichts, das von Professor Isaak Greg getaufte Omnium.

Wie aus dem Nichts standen plötzlich über 100 Raumschiffe vor den 8 STAR MAR-Raumschiffen. „Wir müssen sie von der LIVER ONE weglotsen. Verteilt euch. Fliegt in den leeren Raum!“, befahl Marshal Greg Gains. Die fremden Raumschiffe feuerten sofort. Sie waren riesig. Die wendigen

Polizei-Raumschiffe starteten sofort auf Überlichtgeschwindigkeit. Die fremden Raumschiffe folgten ihnen ebenfalls mit Überlichtgeschwindigkeit. „Noch nicht einmal Schiff gegen Schiff hätten wir eine Chance. Die Marshals standen eben immer schon seit dem 19. Jahrhundert einer Übermacht gegenüber. Feuern ist Zwecklos, sie sind stärker und genau so schnell... machts gut Freunde.“, rief Marshal Fenston, der seinen ersten Einsatzbefehl hatte.

Über L-Com hörten sie den Professor: „Haltet sie hin, fliegt zurück ins Universum. Ich arbeite an dem Problem.“ Die wendigeren STAR MAR-Raumschiffe formierten sich nun und flogen hintereinander Angriffe. Von vorn sahen die Gegner nur ein Raumschiff, plötzlich griffen acht Raumschiffe an. Aber welche Formation auch geflogen wurde, es gab keine Erfolge. Die über 100 Angreifer schafften es, die acht Polizei-Raumschiffe einzukesseln. „Jetzt hilft nur noch ein Stoßgebet.“, rief Marshal Clinton.

Plötzlich erfasste alle Raumschiffe eine Stoßwelle... aus dem Universum heraus in das Omnium hinein. Der Professor erreichte, dass die Glocke, die der Chromoswellen-Generator aufbauen konnte, als gewaltige Welle in eine Richtung ausgestrahlt werden konnte. Über L-Com empfingen die STAR MARSHAL-Raumschiffe den Code, um nicht von der Verzerrung erfasst zu werden. Auf den gegnerischen Schiffen lief nun alles in Superzeitlupe ab. Endlich konnte Marshal Greg Gains sagen: „ Im Namen des Gesetztes des STAR MARSHAL OFFICE! Ihr seid verhaftet, legt die Waffen nieder und ergebt euch!"

Ob die Angreifer etwas hörten oder nicht. Es war der obligatorische Spruch eines Marshals. Die Angreifer waren nicht mehr in der Lage sich zu wehren. „Wir werden mit den Körpertransportern eines ihrer Schiffe entern. Da fällt mir ein, der damalige Deputy und heutige Marshal Fenston hatte ganz schön die Hose voll, als Stan Thor und Korogon den Zielort so gut wie möglich schätzten. Ja, unser Stan Thor, wo auch immer du jetzt bist...", flachste Greg Gains. Nun, es müsste heißen „wann, nicht wo", aber das wissen nur wir Leser vom Teil 1 der STAR MARSHAL-Serie.

Marshal Gains führte den Außeneinsatz an. Auf den Schiffen angekommen erschraken alle. Kein Sauerstoff, kein Lebenssignal. Maschinen taten ihren Dienst. Sechs Arme und drei Beine, einen Kopf, geformt wie eine nach oben geöffnete Satellitenantenne. Es schien, als wenn jede Maschine darüber Befehle empfangen könnte. In ihrer Zeitrechnung bewegten sich die Maschinen natürlich ganz normal. Auf einem ihrer Monitore war ein Fadenkreuz auf die STAR MAR 31 ausgerichtet. Der mechanische Finger einer Maschine steuerte langsam auf den Feuer-Knopf zu. Marshal Stark schlug ihn gleich ab. „Wir durchforsten ihren Computer, wir brauchen Informationen.

Schließt die Übersetzungsmodule an.", befahl Greg Gains. Anstatt Informationen, erhielt Marshal Gains einen Hilferuf. Aus dem Übersetzungsmodul kam: „Hallo, bitte helft mir. Wir sind die Moronen. Wir sind Lebewesen aus der Morontz, ihr sagt Galaxis dazu. Es gibt unzählige Morontzen, oder in eurer Sprache Galaxien. Wir waren ein hochtechnisiertes Volk. Irgendwann begannen unsere Roboter zu denken, zu kombinieren und gegen uns zu kämpfen. Nun brauchen sie unsere Gehirne. Wir müssen alles speichern, jede grausame Tat der Roboter. Sie wollen euer Universum erobern. Sie wollen euch vernichten. Sie nennen sich in eurer Sprache „Invasoren der künstlichen Intelligenz“. Ihr müsst uns vernichten, unbedingt.“

„Dann bist du also ein Individuum?“, fragte Marshal Gains. „Korrekt, ich war Wissenschaftler, hatte 18 Kinder. Mein Name ist Rem. Auf jedem Raumschiff befindet sich ein Individuum. Es reicht aber nicht, wenn ihr nur uns vernichtet. Ihr müsst die Roboter ebenfalls vernichten, ansonsten laufen sie Amok gegen euer

Universum.“, ertönte es aus dem Sprachenmodul. „Wir haben nicht die Macht dazu. Hilf uns und wir helfen dir. Wo ist dein Aufenthaltsort?“, fragte Gains. „Ich befinde mich im Computer- und Maschinenraum.“

„Marshal Gains an Professor Greg, bitte kommen sie zu folgenden Koordinaten.“

Der Professor traf ein. Nun überlegten alle, wie Rem gerettet werden konnte. „Wir haben die Möglichkeit, einen Geist, dessen Denken oder auch dessen Seele in Plasmazellen einzubinden. Auch dort ist unser Sprachenmodul integriert.“, so der Professor. Rem war einverstanden. Techniker und Ärzte der LIVER ONE ummantelten Rem mit Plasma. Sofort wurde er auf die LIVER ONE gebracht und in eine Plasmazelle integriert. Rem wusste, dass es keine andere Möglichkeit gab, er starb sowieso, wenn er im Raumschiff der Roboter geblieben wäre. Im Plasma war er nun in einer anderen Dimension. In der Dimension der Verstorbenen. Aber es ist ja nur der Übergang vom feststofflichen Körper zum feinstofflichen Geist. Sofort hatte Rem Kontakt zu seinen bereits vor langer Zeit verstorbenen Freunden und Familien. Überglücklich sprach er nun: „Keine Bomben können die Roboterschiffe vernichten. Aber ihr habt etwas, was es bei uns nicht gibt... Rost. Belasst die Schiffe in dem jetzigen Zustand, es ist wie ein Schlafmodus. Überflutet dann alles mit Wasser, pumpt es ab und flutet alles mit Sauerstoff. Alles im Schiff wird nun rosten und verrotten. Aber dann müssen wir in mein Universum fliegen und die Maschinen auf meinem Heimatplaneten vernichten, denn es werden neue Invasoren folgen.“

„Einsatzbesprechung auf der LVER ONE.“, verkündete Marshal Greg Gains. „Wir haben einen neuen Freund gefunden, es ist Rem von einer anderen Galaxis, man nennt sie Morontz. Rems Kultur wurde durch Maschinen vernichtet. Diese Maschinen versuchen nun in unsere Galaxis einzudringen. Sie haben bereits alles gescannt und wollen diese Informationen nun auswerten. Früher oder später stehen sie vor unserer Tür… sie klopfen nicht… sie vernichten. Mit Rems Hilfe werden wir sie vernichten. Zunächst müssen wir ihre Schiffe mit Wasser fluten.“

Sofort begann die LIVER ONE Kometen einzusammeln. Mit Hilfe der Körpertransporter überflutete man nun die gegnerischen Raumschiffe. Rund um die Uhr arbeiteten die Transporter. 186 Kometen waren nötig, um die Schiffe randvoll zu füllen. Nun wollten sie mit den Strahlenkanonen Löcher in die Außenhaut der Schiffe schießen, aber wie es Rem bereits sagte, die Schiffe waren unzerstörbar. Also musste alles Wasser wieder durch die Körpertransporter abgefüllt werden. Es war herrlich anzusehen, wie sich im leeren Raum neue Eisblöcke bildeten. Durch die Schwerkraft klebten sie förmlich an den Roboterschiffen. „Wir müssen Sauerstoff von unseren Lebenserhaltungssystemen in die

Roboterschiffe pumpen. Hoffentlich reicht es für den Rückflug für uns.“, meinte Marshal Lynn. „Ich schätze, es wird knapp.“, flachste Gains. „Was? Wir schätzen wieder? So wie damals?“, erschrak Fenston. „Spaß, mein Freund. Es war wie damals ein Spaß. Es reicht dicke, versprochen.“, so Gains. Vier Monate dauerte diese komplette Aktion. Niemand wusste, ob die nächsten Roboterschiffe bereits im Anflug waren. Aber die Arbeiten mussten korrekt ausgeführt werden. Dann war es endlich so weit. Die acht STAR MAR-Schiffe formierten sich um die LIVER ONE. Der Chromoswellen-Generator wurde aktiviert. Der Raum wurde bis auf die höchste Stufe gestaucht, nun schoss die Formation mit Lichtgeschwindigkeit durch den leeren Raum, durch das Omnium, bis zum nächsten Universum.

Von weitem sahen alle eine eher rötliche Galaxis, von Rem „Morontz“ genannt. Es deutete alles darauf hin, dass diese Galaxis älter war. Sofort begann der Professor mit seinen Messungen. Nun war es nur noch ein kleiner Weg bis zu Rems Heimatplanet. Rem selbst hatte ihn schon Jahrzehnte nicht mehr gesehen, denn sein Gehirn wurde ja in ein Raumschiff der Roboter gepflanzt.

„Das Ziel wird in 8 Zentilonen nach Sternenzeit erreicht werden. Die Raumzeitstauchung wird nun der normalen Raumzeit angepasst.“, meldete der Zentralcomputer der LIVER ONE wieder.

Kurz vor dem Zielplanet löste sich die Formation auf. Die LIVER ONE blieb wieder versteckt. Die STAR MAR-Raumschiffe schwärmten aus. Mit den eingebauten Projektoren projizierten die Raumschiffe leeren Raum, so konnten sie nicht erkannt werden. Rem war über den Anblick seines Heimatplaneten sehr traurig: „Es gibt keine Städte mehr, nur noch Fertigungshallen. Ich sehe auch keine Lebewesen mehr. Meine Art ist vernichtete worden. Wenn ich doch nur wüsste, wie ich euch helfen könnte. Die robuste Mechanik ist nicht zu zerstören. Rost hilft nun leider nicht mehr.“

Hat der Schöpfer von Allem versagt. Entwickelte sich eine noch höhere Macht, eine unzerstörbare Macht etwa? Das kann und darf nicht sein. Der Professor überlegte mit seinem Team: „Ein Urknall erschuf ein Universum. Nun müssen wir sagen, ein Urknall, es heißt nicht mehr, der Urknall. Denn nun wissen wir, dass es viele Universen gibt. Alles ist im Omnium. Was vernichtet eine ganze Galaxis? Es ist ein Schwarzes Loch. Was wird ein ganzes Universum vernichten? Es sind viele Schwarze Löcher. Was passiert in einem Schwarzen Loch? Bislang können diese Frage nur Lydia Gohr und Marshal Stan Thor beantworten. Und die gelten als verschollen. Ist ein Schwarzes Loch nun das Ende der Existenz von Materie oder der Durchgang zu einer anderen Dimension? Wenn ein Körper in ein Schwarzes Loch gerät, so wird er zerlegt. Der Geist soll sich laut Theorie trennen und in eine andere Dimension wiederfinden. Rem, ich frage dich, siehst du in deiner jetzigen feinstofflichen Welt Lydia und Stan?“ „Nein, ich kann sie nicht erkennen.“, antwortete Rem in der Plasma-Box. „Also könnten sie noch leben. Da ist die Frage, wo oder wann?“, sagte Deputy Norgon. „Fassen wir zusammen. Mit unseren Strahlenwaffen können wir nichts ausrichten. Mit Wasser können wir den Planet nicht überfluten. Dann muss ein Schwarzes Loch beenden, was durch den Urknall in diesem Universum schiefgelaufen ist.“, so der Professor. „Das nächste Schwarze Loch ist 200000 Lichtjahre entfernt. In unserem Universum sind die Entfernungen geringer. Auch das zeigt, dass dieses Universum sich dem Ende nähert. Viele Schwarze Löcher haben sich bereits selbst geschluckt.“, meinte Norgon. „Und wie wollen wir den Roboterplanet in ein Schwarzes Loch befördern?“, fragte Rem. „Wir müssen durch die Chromoswelle die Raumzeit so stark krümmen, dass der Planet durch das Schwarze Loch angezogen wird. Nur müssen wir den Generator genau zum richtigen Zeitpunkt ausschalten, sonst werden wir mit hineingezogen. Gehen wir an die Arbeit, es gibt viel zu berechnen.“, so der Professor.

Marshal Gains flog mit seiner STAR MAR-Flotte immer näher auf diesen Maschinen-Planet zu. Es gab scheinbar keinen Alarm. Also beschloss er mit vier Marshals auf dem Planet zu landen. Sie registrierten eine Start- und Landeeinrichtung für Raumschiffe. Darum herum riesige Hallen, in denen wahrscheinlich die Raumschiffe gefertigt werden. Alles schien etwas eigenartig zu sein. Entweder waren diese Roboter sich total sicher darüber, dass keine Macht größer ist und sie angreifen kann. Oder sie rechnen nicht damit, dass es jemand versucht und haben kein Alarmsystem. Bis auf 500 Meter flog die STAR MAR 17 eine Halle an. Jetzt wurden Marshal Gains, Marshal Korogon, Marshal Stark und Marshal Wegros mit den Körpertransportern auf das Dach einer Halle gebracht. Mechanische Geräusche waren zu hören. Die Roboter selbst kommunizierten nicht über Sprache. An der Decke hing eine

Art Satellitenschüssel, nach unten gerichtet. Die Roboter haben Satellitenschüsseln, wie Köpfe, nach oben gerichtet. Das schien die Zentrale Kommunikation zu sein. Jede Fertigungshalle ist nach dem gleichen Prinzip aufgebaut. Der Scanner der STAR MAR 17 zeigte um den Planet herum etwa 21 Millionen Basen. Ja, das Wort Invasoren ist genau richtig. Eine Übermacht, der kein Planet, keine Galaxis und auch kein Universum standhalten kann. Marshal Gains schloss ein Sprachenübersetzungsmodul an die Schüssel unter der Decke an. Die Marshals hingen an Stahlträgern und beratschlagten. „Es gibt keine Kabel, es gibt einfach keine Angriffspunkte.“, flüsterte Stark. Während sie weiterplanten und lediglich Vermutungen aufstellen konnten, meldete sich das Übersetzungsmodul: „Frequenz und Code gefunden und eingerichtet... die Übertragung beginnt... Roboter 6787... die letzten vier Gehirne sind in fertiggestellte Raumschiffe zu integrieren. Wir haben noch keine

Rückmeldung unserer Außenraumschiffe erhalten. Die letzten vier mit Gehirnen bestückten Raumschiffe sollen zu den Koordinaten des gescannten Universums fliegen. Wir benötigen dringend weitere 6 Milliarden Gehirne um unsere Raumschiffe erfolgreich zur Invasion aller Universen im Omnium zu führen. Niemand wird sich uns in den Weg stellen können. Wir sind die Macht und die Schöpfung."

Versteinert sahen sich die Marshals an. „Das ist also der Grund, sie wollen unsere Gehirne als Speichermedium.", sagte Korogon. „Ja, noch sind die Gehirne, die von der Natur oder Gott erschaffen wurden, besser als jede Maschine. Aber ich will nicht in einen Maschinenkörper und ewig ohne Gefühle leben. Wir brauchen einen Plan.", forderte Gains. „Marshal Gains an Professor Greg. Wie sieht es bei euch aus?" „Hier Professor Greg auf der LIVER ONE. Wir arbeiten an einem Plan. Verschafft uns Zeit." „Wie sollen wir das schaffen? Die vier Raumschiffe werden gerade mit den

Gehirnen bestückt, dann starten sie.“, fragt Korogon. Noch ehe er weiter reden konnte, stürzte Marshal Wegros gewagt in die Halle und rief: „Ein Leben für Milliarden!“ Sofort schoss er auf eines der Gehirne. Vor den Augen der Marshals wurde Marshal Wegros auf eine Bahre gelegt und festgeschnallt. Jetzt öffneten die Maschinen den Schädel von Wegros. Er schrie vor Schmerzen. Nach zwei Minuten hatten die Roboter das Gehirn und brachten es zu einem der vier Raumschiffe. Wegros Körper war noch nicht gestorben. Die Roboter ließen ihn einfach auf der Bahre liegen. Arme und Beine strampelten. Mit einem gezielten Schuss töte Marshal Gains den Körper seines Kollegen. Die vier Raumschiffe waren bereit für den Start in Richtung gescanntem Universum.

Die drei Marshals konnten nicht eingreifen. Sie mussten tatenlos zusehen, wie ihr Freund nun zum menschlichen Speicher eines der Raumschiffe wurde. „Lasst uns zu unseren Raumschiffen zurückkehren, hier können wir nichts ausrichten.“, sagte Marshal Gains.

Die Maschinen-Raumschiffe starteten. „Was passiert da bei euch?“, fragte der Professor über L-Com ganz aufgeregt. „Professor, wir haben Marshal Wegros verloren. Er ist jetzt in einem der Maschinen-Raumschiffe. Wir werden sie verfolgen. Sie fliegen zu unserem Universum.“, sagte Gains. Rem meldete sich sofort zu Wort: „Es tut mir um euren Freund sehr leid, aber ich verstehe was er vorhat. Er wird versuchen, die eigenen Schiffe zu vernichten. Ihr müsst ihm Zeit verschaffen, denn es öffnet sich demnächst ein Wurmloch, das die vier Schiffe in die Nähe eures Universums bringt.“ „Ja, Zeit verschaffen, das hat schon einmal nicht geklappt. Ich gehe gleich zum Kaufmann und kaufe eine Tüte davon.“, flachste Gains. Sofort nahmen die acht STAR MAR-Raumschiffe die Verfolgung auf. Plötzlich meldete sich über L-Com eine Stimme: „Hier Wegros, ich bin immer noch Marshal der vereinigten Planeten. Ja

Freunde, ich lebe. Ich denke… also bin ich. Die Waffen auf den Maschinenschiffen basieren auf „Materie zu Energie-Umwandlung“. Das heißt, der abgesandte Strahl wandelt ein Raumschiff oder einen Planet in Energie um, die die Maschinenraumschiffe aufnehmen und verarbeiten. So sind sie unangreifbar und ewig. Es ist ein Todesstrahl. Ich versuche die anderen mit den eigenen Waffen zu schlagen, aber ihr müsst mich dann vernichten. Ich werde bestimmt erkannt und getötet. Denkt daran, jedes einzelne Maschinenraumschiff kann eine Bedrohung für alle Universen im Omnium sein.“

„Hier Professor Greg. Marshal Gains, wir trennen uns nun. Meine Berechnungen sind bald fertig. Mit der LIVER ONE werden wir uns um den Maschinenplaneten kümmern. Ihr müsst die vier Schiffe erledigen. Ich habe keine Ahnung wie. Ich weiß auch noch nicht, ob unser Auftrag zu erledigen ist. Aber die 128 Planeten, die dem STAR MARSHAL-Office unterliegen, werden es uns danken. Vielleicht sogar unser Universum. Viel Erfolg für uns alle."

Die LIVER ONE blieb weiterhin versteckt und arbeitete an dem Plan, den Maschinenplanet in ein Schwarzes Loch zu lenken. Die acht STAR MAR-Raumschiffe verfolgten die vier Maschinenschiffe.

„In 2 Millionen Kilometern öffnet ein Wurmloch. Ich greife nun meine Schiffe an.", ertönte es aus dem L-Com. Wegros manipulierte die eigene Crew. Er suggerierte ihr, dass Feinde auf den anderen Schiffen sind und diese nun vernichtet werden müssen, um die große Invasion nicht zu gefährden. Der erste gezielte Schuss auf eines der Maschinenschiffe und es löste sich komplett auf. Die freigewordene Energie absorbierte Wegros Maschinenschiff in gewaltigen Kondensatoren. Die beiden übriggebliebenen Schiffe bemerkten den Verlust und schossen nun auf Wegros. Wegros wurde als Star Marshal als Taktiker ausgebildet. Jetzt flog er taktische Manöver, wobei die Gehirne der beiden anderen Schiffe lediglich als Speicher missbraucht wurden. Es wurde eine Strahlenschlacht. Die STAR MAR-Raumschiffe mussten in Deckung gehen. Solch eine Feuerkraft hat noch niemand gesehen. Plötzlich öffnete sich das Wurmloch. „Marshal Ustinov, fliege mit der STAR MAR 45 hinein und schließe es am Ende mit den Strahlenkanonen. Feuere alles was das Schiff hergibt ab, damit der Kanal für immer geschlossen bleibt.“, befahl Marshal Gains. Die STAR MAR 45 flog hinein. Kurze Zeit später brach das Wurmloch zusammen.

Wegros Schiff wurde leicht getroffen. Eines der anderen Schiffe taumelte durch den Raum. Das andere Maschinenschiff war noch voll intakt. „Hier Gains, feuert auf das taumelnde Schiff... gebt alle... Feuer frei!“ Alle sieben STAR MAR-Schiffe feuerten. Jetzt endlich war das Maschinenschiff verletzbar. Es schmolz zu einem Eisenklumpen im Raum.

Zwischen Wegros Schiff und dem noch übriggebliebenen Maschinenschiff kam es zu einem Showdown. Beide Schiffe lagen sich im Raum gegenüber. Wegros Schiff war angeschlagen. „Wir müssen Marshal Wegros helfen. Schaltet die Projektoren ein und projiziert Maschinenschiffe in den Raum.“, befahl Marshal Gains. Sieben weitere Maschinenschiffe waren nun zu sehen. Sie richteten sich alle gegen Wegros Maschinenschiff. Man könnte denken, dass alles gegen das abtrünnige Schiff getan würde. Aber der Taktiker Wegros kannte ja seine Weggefährten.

Er lud ein letztes Mal die Waffe und setzte zum finalen Schuss an.

In der Zwischenzeit waren die Berechnungen für Professor Isaak Greg abgeschlossen. Die LIVER ONE flog auf den Maschinenplanet zu. Auf dem Planet begann ein hektisches Treiben. Viertausend Schiffe wurden ohne Speichercomputer, sprich Gehirne, bereitgestellt. Die Roboter sollten eigenständig handeln. Ohne

Hauptcomputer hatten sie keinen Kontakt zum Zentralcomputer auf dem Planet, aber auch keine Taktik und Koordination. Sie waren einfach nur brutal, machtbesessen und dumm. Es wurde ein Rennen mit der Zeit. Die LIVER ONE war nun nah genug am Planet. Der Chromoswellen-Generator wurde aktiviert. Die neuen Berechnungen und Einstellungen schienen zu funktionieren. Der ganze Planet war nun innerhalb der Chromoswellen-Glocke. Langsam faltete sich der Raum. Der Planet bewegte sich natürlich nicht, dazu fehlt es an Gravitation und Energie. Auf den Instrumenten sah man das 200000 Lichtjahre entfernte Schwarze Loch. Jetzt stauchte der Professor den Raum extrem. Die Schiffe auf dem Planet wurden auf die Startbahnen geschleppt. Es sah nicht so aus, als wenn die Zeit der LIVER ONE reichen würde. Die Aufregung war groß. Wenn nur eines der Maschinenschiffe starten und nur einen Schuss auf die LIVER ONE abfeuern würde, wären alle vernichtet.

Noch 110000 Lichtjahre sind zu überbrücken. Auf dem Planet standen nun 6 Raumschiffe bereit.

„Holt mehr aus dem Generator heraus!“, rief der Professor.

Noch 75000 Lichtjahre… die Raumschiffe der Roboter bekamen Starterlaubnis… noch 52000 Lichtjahre… das erste Maschinenschiff hob ab… 44000 Lichtjahre waren noch zu überbrücken… das zweite Maschinenschiff hob ab… die Raumschiffe steuerten direkt auf die LIVER ONE zu. Plötzlich liefen Minuten in Plank-Einheiten ab. Die Planck-Zeit ist der kleinste Zeitablauf in der Physik. Die Maschinenschiffe feuerten einen Strahl ab. Der kam nun Millimeter um Millimeter auf die LIVER ONE zu. Jeder Druck auf einen Schalter dauerte eine Ewigkeit. Der Computer auf der LIVER ONE meldete sich: „Daaas Zieeel wiiird iiin aaacht Zentiiilooonen naaach Steeerneeenzeiiit eeerreiiicht weeerdeeen. Dieee Rauuumzeeeitstauuuchuung wiiird nuuun deeer nooormaaalen Rauuumzeeeit aaangepaaasst." Aber die LIVER ONE reagierte nicht. Es waren nur noch 18000 Lichtjahre zu überbrücken. Das Schwarze Loch kam gefährlich näher. Der Finger des Professors kam dem Schalter für GENERATOR AUS nur um Millimeter näher. Es war eine Frage der Zeit, wer oder was war schneller? Der zerstörerische Energiestrahl der Roboter? Die Anziehungskräfte des Schwarzen Lochs? Oder der Finger des Professors? Noch 9000 Lichtjahre...

Noch 7000 Lichtjahre... 5000 Lichtjahre... 1000 Lichtjahre... nun wirkte die Anziehungskraft des Schwarzen Lochs gewaltig. Der Finger des Professors war nur noch 2 mm vom Schalter entfernt. Der Todesstrahl eines Raumschiffs hatte noch 5 cm vor sich. Jetzt waren alle im Einzugsbereich des Schwarzen Lochs. Im gleichen Augenblick drückte der Professor den Schalter... gleichzeitig traf der Todesstrahl auf die LIVER ONE und hinterließ einen etwa 20 cm tiefen Kratzer entlang der gesamten Außenhülle. Der Planet wurde ins Schwarze Loch gezogen. Sofort veränderte der Professor die Gravitationswelle. Jetzt wurde sie gestreckt. Das Schwarze Loch entfernte sich. Der Planet war vernichtet. Die LIVER ONE flog eine riesige Schleife und setze die Chromoswelle wieder ein, um zum Vereinigungsstandort mit den sieben STAR MAR-Raumschiffen zu gelangen. „Glückwunsch Herr Professor.“, gratulierte Marshal Gains über L-Com. „Auch euch beglückwünsche ich, alle haben ihr Bestes gegeben.“, antwortete der Professor.

Alle Raumschiffe trafen sich zum Rendevous. In dem Augenblick, in dem der Planet vernichtet wurde, brach auch der Befehlseinsatz zu Wegros Maschinenschiff ab. Die Roboter reagierten nun nur noch auf die Befehle von Marshal Wegros. Zusammen formierte man sich und flog in Richtung heimatliches Universum. Kurz vor dem Eintritt trafen sie auf die STAR MAR 45 mit Marshal Ustinov, der das Wurmloch außer Gefecht setzte. Gemeinsam ging es nun in Richtung Milchstraße. Glücklicher Weise gab es keine Verluste. Marshal Wegros war nun in einer anderen Dimension, konnte aber mit allen kommunizieren. Ein neuer Freund wurde mit Rem gefunden, ebenfalls aus einer anderen Dimension. Außerdem bringen sie noch ein Maschinenschiff mit.

Nach 28 Tagen kamen alle wieder in das heimische Sonnensystem. Der Chromoswellengenerator stauchte die Wegstrecke bis aufs Äußerste. „Marshal Greg Gains an STAR MARSHAL OFFICE-Hauptquartier auf dem Mars, bitte melden.“ „Hier Hauptquartier, wir freuen uns auf ihren grandiosen Erfolg.“

Deputy Norgon sagte: „Oh, wir haben immer noch den Generator auf Planetengröße eingestellt, das war gefährlich.“ Plötzlich trafen zwei Todesstrahlen die STAR MAR 48 und STAR MAR 44. Die Mannschaften wurden sofort getötet, auch Marshal Lynn.

Marshal Wegros flog blitzschnell eine Schleife und griff die im Schlepptau gewesenen beiden Roboter-Raumschiffe an. Vom Mars-Hauptquartier feuerte man aus allen Rohren. Sofort stiegen weitere 11 STAR MAR-Raumschiffe auf. „Marshal Gains an alle! Nicht schießen! Wir laden nur ihre Kondensatoren auf, dann sind sie noch mächtiger!“ Mit eingeschränkter Feuerkraft versuchte Wegros mit seinem erbeuteten Maschinenschiff alles herauszuholen.

Plötzlich waren die beiden ungebetenen Gäste verschwunden. Auch die LIVER ONE war verschwinden. Geistesgegenwärtig schloss der Professor die LIVER ONE und die Maschinenschiffe ein und startete mit eingeschaltetem Chromoswellen-Generator in Richtung des nächst gelegenen Schwarzen Lochs. 26000 Lichtjahre ist es von der Erde entfernt. Wieder gab es das gleiche Phänomen. Wieder lief alles mit der Planck-Zeit ab. Die Maschinenschiffe schossen ihren Todesstrahl ab. Der Professor hatte nun aber bereits den Finger auf dem Schalter. Noch 8000 Lichtjahre... wieder kamen beide Todesstrahlen näher... noch 4000 Lichtjahre... noch 1000 Lichtjahre... die gewaltigen Anziehungskräfte reagierten auf die LIVER ONE. Der Professor drückte den Schalter... die LIVER ONE flog einen Bogen und die Maschinenschiffe wurden vom Schwarzen Loch angezogen. Wieder gab es einen 50 Meter langen Streifschuss an der Außenhaut der LIVER ONE.

Zurück zum Mars, sah Marshal Gains die Streifschüsse an der Außenhaut der LIVER ONE und flachste: „Na, mit Smart Repair ist da wenig zu machen."

Tage später wurden alle zu General Jackson eingeladen. „Ich beglückwünsche alle zu diesem großartigen Erfolg. Sie haben nicht nur unsere Milchstraße gerettet, auch nicht nur unsere Galaxis, nicht nur unser Universum, sondern das gesamte Omnium.

Ich verleihe allen den STAR MARSHAL-Sonderorden, gestiftet von allen 128

Planeten. Und ihnen, sehr geehrter Herr Professor Isaak Greg, den Ehren-Marshal-Stern.

Und ein herzliches Willkommen unserem neuen Freund aus der fernen Galaxis... Rem!“

Rem und Wegros wurden Freunde und teilten sich die Aufgaben auf dem erbeuteten Maschinen-Raumschiff. Es wird nun in die gesamte Flotte der STAR MAR-Raumschiffe integriert. In Gedenken an den verschollenen Marshal Stan Gohr wurde das Schiff STAR THOR genannt.

Nano-Lebewesen aus dem All

Es war ein verregneter Tag in Schottland. Für die Dorfbewohner wieder typisch. Ausgerechnet heute würde die Trauung von Cindy und Jack vollzogen, und nun dieser Regen, einfach typisch! Das ganze Dorf feierte mit, die Vorbereitungen liefen auf Hochtouren, alles fand im Freien statt. Der erste Regen war vorbei, die Wolke kreiste um das Dorf herum. „Erste Gratulanten aus dem Himmel!“, flachste der Vater der Braut. Die Arbeiten gingen weiter. „Hauptsache keinen Regen mehr, sonst hätten wir auch ins Schwimmbad gehen können!“ „Der Pfarrer ist Nichtschwimmer!“ Die Bewohner lachten lauthals. „Klar, unter der Kutte trägt er einen Taucheranzug!“

18 Uhr: „Ja, ich will!“, sagte die Braut. Die Wolke wurde wieder dunkler, aber kein Wind kam auf. 20 Uhr: Die Party war in vollem Gange. Auf dem Hof der McDans wurde gefeiert. Es wurde getanzt, sogar Dudelsack-Jimmy gab sein Bestes. 22 Uhr 10: Es tröpfelt. „Eigenartig, bei so einer

Wolke müsste es gießen!“, sagte ein Musiker. „Tröpfeln geht, nur nicht mehr, sonst müssen die Musikinstrumente ins Haus gebracht werden!“ Bis in den frühen Morgen wurde gefeiert, das Tröpfeln fiel gar nicht so ins Gewicht. Die Dorfbewohner schliefen am Sonntag den Rausch aus. Keine Menschenseele war weit und breit zu sehen. Aber am Montag war die Hölle los, zumindest beim Dorfarzt. Alle klagten über rote Kopfhaut, über Ausschlag auf dem Kopf, über Haarausfall. Auch die Apotheke war gut besucht. Es juckte und brannte. Einige Männer ertranken ihren Kummer im Whiskey. Andere Dorfbewohner legten sich früh schlafen. Am nächsten Morgen war der Spuk vorbei, alles war wieder völlig normal. Die Dorfbewohner gingen wieder ihrer täglichen Arbeit nach. Und trotzdem war etwas verändert. Sie trugen Hacken, Schippen und Spaten zusammen. Alles legten sie auf das Feld der Mc Dans. Andere brachten Schubkarren, die Dorfpolizei sperrte die Durchfahrt für den Verkehr.

Obwohl hier nur alle drei Tage jemand durchkam.

Unweit des Anwesens gab es eines der Löcher, einen sehr tiefen Meeresarm zum Ozean. Hier begannen Dorfbewohner einen Graben zu schaufeln. Immer mehr Dorfbewohner arbeiteten auf dem Anwesen. Boden wurde abtransportiert, Steine weggetragen. Die Tage vergingen und es entstand langsam ein kreisrundes Loch mit etwa sechzig Meter Durchmesser. Immer tiefer gruben sie. Nun arbeiteten sie Tag und Nacht. Dorfbewohner, die nicht auf der Feier waren, wurden mit einem Wassersprüher besprüht. Dies taten die Kinder. „Warte Bürschchen, wenn ich dich zu fassen bekomme!“, sagte ein Großvater. Auch er grub am nächsten Morgen mit den anderen. In etwa vier Metern Tiefe stießen die Dorfbewohner auf einen metallischen Gegenstand, der wie ein riesiges Dach aussah. Der Bräutigam trat aus der Masse hervor und rief: „Normenko Negock Tutschok!“ Die Dorfbewohner stießen einen lauten hellen Schrei aus und wiederholten: „Normenko Negock Tutschok!“ Strahlen kamen aus dem Loch. Ein Brummen begann. Langsam öffnete sich das unter der Erde liegende Dach. Wie ein riesiges Schwimmbecken hob sich alles in die Höhe. Drei Meter über dem Erdboden stoppte die Aktion. Es begann zu regnen, die große schwarze Wolke stand wieder über dem Feld. Eine Luke öffnete sich am Becken, Wasser, nichts als Wasser, floss in den Graben über den Meeresarm in den Ozean. Die Dorfbewohner standen zwölf Stunden ganz still und murmelten weiter: „Normeko Negock Tutschok!“ Das Wasser war aus dem Becken gelaufen, das Dach verschloss sich wieder. Weiterer Boden brach um das Becken ein, es kam ein Raumschiff hervor. Das hob langsam ab und bewegte sich in die Regenwolke hinein. Wer ganz genau schaute, sah in der Regenwolke ein größeres Raumschiff – das Mutterschiff. Die Braut versammelte alle Dorfbewohner um sich herum, ihr Brautkleid trug sie noch, es war voller Lehm und Schmutz, es war völlig eingerissen. Nun sprach sie: „Normenko Negock Tutschwir ... wir ... wir ... wir müssen die Sprache annehmen, damit wir nicht erkannt werden. Vor 500.000 Jahren landeten unsere Vorfahren an dieser Stelle. Ihr wisst, dass unser Planet von uns selbst verseucht wurde. Das letzte Wasser konservierte unsere Brüder und Schwestern, die nun in den Meeren dieses Planeten wieder zu leben beginnen. Bei jedem Kontakt mit den Menschen übernehmen wir sie. Über die Trinkwasserversorgung oder aber auch über die Regenwolken. Mit unserer kleinen Nano-Größe dringen wir über die Haut oder Blutbahnen ein. Nun geht eure Wege weiter. In etwa zwei Jahren ist die Aktion abgeschlossen!“ Und für die Menschen begann das Unheil!

Verschollen im Nichts

Der Countdown läuft, die Triebwerke sind gezündet, die Besatzung des Raumschiffs DARK 5000 ist zuversichtlich, den erteilten Auftrag durchzuführen. Drei!... Zwei!... Eins!... Power! Das Raumschiff hebt planmäßig ab. Von nun an wird einige Zeit vergehen, sodass geklärt werden kann, um welchen Auftrag es sich handelt.

Das Raumschiff DARK 5000 startet von einem der allerletzten Planeten des gesamten Universums. Es befindet sich sozusagen am äußersten Rand des Universums. Nur ein Stern und wenige unbelebte Planeten sind zu überwinden und das Raumschiff ist im Nichts, also außerhalb des Universums. Die Lebewesen auf diesem Planeten beobachten natürlich von Anfang an die Eigenarten der verschieden Nächte. Es gibt Nächte, da schauen sie auf unendlich viele Sonnen, sie schauen in das Universum, es ist dann fast taghell. In anderen Nächten sehen sie nur den eben erwähnten einzelnen Stern, ganz weit entfernt, einsam, alles andere ist absolute Dunkelheit. Die Lebewesen auf diesem Planeten nennen sich THORN, sie sind wissenschaftlich veranlagt, es gibt keine Länder, keine Kriege, keine Armut, keinen Hunger, nur Fragen, Fragen über Fragen. Es ist eine alte Kultur, 90 Prozent der Kulturstätte sind erhalten, man entwickelte sie einfach mit den neuesten Technologien weiter. So hängen überall die Bilder der bekanntesten Wissenschaftler, ob sie nun vor 12000 Jahren gelebt haben oder vor 10 Jahren. Der Planet ist etwa vier Mal so groß wie die Erde, die THORN bewegen sich langsamer, haben einen nach unten korpulenteren Körper als Menschen der Erde. Ihr Kopf ist länglich mit einem Dorn, ringsherum Haare. Die Ohren haben keine Hörmuscheln, da die THORN alles wahrnehmen. Die Zähne sind klein, es sind eher kleine Backenzähne, da sich die THORN nur von Gemüse ernähren. Alle anderen Lebewesen haben eine Daseinsberechtigung auf dem Planet, da sie bei den THORN als Vorfahren angesehen werden. „LOCK, was wächst mir da?“, fragt der kleine Ridock seinen Vater, LOCK bedeutet auf dem Planeten „Vater“, LOCKUM bedeutet „Mutter“.

„Ridock, je älter du wirst, umso größer wird dieser Dorn. In ihm wachsen hoch sensible Hirnwindungen, mit denen wir THORN ohne Worte kommunizieren können, aber auch Naturereignisse wahrnehmen!“, antwortet der Vater. Ridocks Vater gehört zu den Wissenschaftlern, die das Projekt DARK 5000 entwickelt haben. Die ursprüngliche Frage der THORN war immer schon, wenn sich das Universum ausdehnt, Zeit und Raum also entstehen, was erwartet uns hinter dem letzten sichtbaren Stern, den die THORN nun seit ihrer Existenz vor 12000 Jahren sehen? Erwartet sie das Nichts? Lösen sie sich in der Dunkelheit auf? Entsteht mit ihrem Hineinfliegen mit einem Raumschiff Zeit und Raum? Die ersten Raumschiffe schafften keine hohen Geschwindigkeiten, DARK 4000 erreicht fast den letzten Stern, der zu überwinden war, um in die Dunkelheit zu fliegen. Den Stern nennen die THORN HOPE RIMOCK 7706, Hope bedeutet dabei, wie auf der Erde Hoffnung, RIMOCK ist der Vorfahre von Ridock, die Zahl ist das Entdeckungsjahr. Erst mit der Versuchsreihe DARK 5000 wird der Antrieb so verändert, dass ein Lichtsprung erreicht wird. Entwickelt und erforscht werden Lichtsprünge vom Team um Ridocks Großmutter. Immer schon sah man, dass Licht sofort nach dem Einschalten einer Lichtquelle zu sehen war. Früh wurde die Formel für Lichtgeschwindigkeit entwickelt, die im Weltall universal ist. Dennoch war es den THORN zu langsam, sie entwickelten die Lichtsprünge. Dabei wird ein Objekt anvisiert, welches man erreichen möchte und man benutzt die aussendenden Lichtstrahlen, um eine Verdoppelung der Geschwindigkeit zu erreichen.

Die DARK 5000 hat die maximale Geschwindigkeit erreicht. Die anvisierte Quelle ist der Stern HOPE RIMOCK 7706. Größte Aufmerksamkeit muss es kurz vor Erreichen des Sterns geben, da das

Raumschiff sonst in den Stern fliegt und explodiert. „In 50 Senkuren sind die Triebwerke umzuschalten, danach ist der neue Kurs auf Umfliegen des Sterns von Hand zu setzen!“, sagt der Kommandant der DARK 5000 zum Steuermann. „Wie lege ich den neuen Kurs fest, Kommandant?“, fragt Steuermann Drehms. „Wenn ich das nur wüsste! Wie legt man das Nichts fest?“, antwortet Kommandant Renkin. Höchste Aufmerksamkeit ist angesagt, Nervosität, noch 10 Senkuren ... drei ... zwei ... eins ... Umschaltung auf Handbetrieb. Mit einem Abstand von nur 10.000 Klionen, das sind etwa 150.000 Kilometer, schießt das Raumschiff an dem Stern vorbei. Der Monitor auf das Zurückliegende zeigt den immer kleiner werdenden Stern HOPE RIMOCK 7706 und das schwindende Weltall. Auf dem vorausschauenden Bildschirm ist die Dunkelheit, das Leere, das Nichts zu sehen. Wie viele Theorien gibt es, wenn dieser Schritt überwunden wird. Gibt es eine Grenze des Raums? Fliegt man vor eine Wand? Ist das Universum endlich oder unendlich? Wie auch immer, das Raumschiff DARK 5000 fliegt immer tiefer ins Nichts. Da es kein Ziel gibt, fliegt das Raumschiff nur noch mit Lichtgeschwindigkeit, das Universum wird immer kleiner, wenn die Besatzung auf den Rückmonitor schaut. Noch hat die Besatzung Funkkontakt mit der Heimatwelt. Das ist für alle Beteiligten logisch, solange man das Licht des Universums sieht, lassen sich auch Lichtsignale zurückschicken. Wie lange noch? Die Bordinstrumente zeigen nur noch wenig an. Die Zeit vergeht, das Universum ist nur noch als ein winziger Punkt zu sehen. Solange weiß die Besatzung, dass sie tiefer ins Nichts fliegt. „Kommandant, mir wird mulmig. Wir haben doch bewiesen, dass es Raum gibt, in das sich das Universum ausdehnen kann, sollten wir nicht lieber umkehren?“, fragt ängstlich der Steuermann. „Zeigen die Instrumente noch die Richtung der Heimat an?“, fragt Kommandant Renkin. „Ja, aber alle anderen Instrumente stehen auf null!“, antwortet Drehms. Die Besatzung wertet gerade alle Ergebnisse aus, als Steuermann Drehms schreit: „Alles auf null!“ „Das Raumschiff sofort stoppen und wenden!“, ruft der Kommandant. Zu spät, es gab keine Orientierung mehr, das Raumschiff DARK 5000 verschwindet in der Dunkelheit, es befindet sich nun im Nichts.

Schattenwesen

„NEGUA 7 an Basis! In vierzehn Stunden erreichen wir den Außenposten LOPA 6B auf dem Mars. Wir kontrollieren noch den Planet L77KL9. Seltene Erden wurden vom Computer angezeigt. Das Außenteam wird von Chefingenieur Dresen geleitet. Nach der

Rückkehr der Mannschaft schalten wir auf Lichtgeschwindigkeit. Wir können dann nicht kommunizieren. Okay?“, mit diesem Satz beendete Raumschiffkapitän Logan vom internationalen Erkundungsraumschiff EAGLE 2000 die Kommunikation mit Mars und Erde. Die Weltbevölkerung war explodiert, Nahrungsmittel und Materialien gingen langsam zu Ende. Die Staaten investierten viel zu viel in Kriege. Ein Miteinander hätte allen geholfen. Nur gut, dass die Raumfahrt noch gefördert wurde. So war der Außenposten auf dem Mars mit 4500 Menschen im Aufbau eines neuen Lebensraums. Nahrungsmittel wurden angebaut, Raumschiffhäfen gebaut, vielleicht für eine neue Zukunft der Menschheit, vielleicht, denn auf der Erde warten Milliarden auf eine Zukunft. Aber es gibt auch positive Botschaften, so hat EAGLE ONE Gold Erze von weit entlegenen Planeten abbauen und transportieren können. Selbstverständlich wird dieses Gold nicht für Schmuck verwendet, es fließt in die Elektronik. In den Umlaufbahnen von

Erde, Mond und Mars befinden sich die riesigen Raumstationen STATION 4, DELTA 88 und NOSTROY 1. Alle Länder der Erde arbeiten nun endlich zusammen um die Lebensräume der Erde zu sichern.

NEGUA 7 hat nun eine weite Reise hinter sich. Das einzige Raumschiff das Lichtgeschwindigkeit erreicht hat 3 Jahre andere Planeten besucht und viel Material eingesammelt. In den Frachträumen hatte es riesige Container geladen und ineinander gestülpt. Diese wurden mit vielen Erzen befüllt und auf die Reise in Richtung Erde geschickt. Es kann Jahre und Jahrzehnte dauern, bis sie mit der Unterlichtgeschwindigkeit in Erdnähe eingesammelt werden. Die Container sind nun aus den Frachträumen des Raumschiffs. Mit seltenen Gewächsen, die auch in Lebensfeindlichen Gegenden wachsen können und für Nahrung sorgen, kehrt NEGUA 7 nun zurück. Der Bordcomputer entdeckte vorher aber noch einen Planeten mit seltenen Erden, diese werden immer noch dringend in der Elektronik verarbeitet und gebraucht. Inzwischen landete Chefingenieur Dresen mit seinem Außenteam auf dem Planet L77KL9. Die Messgeräte zeigten bestes Material an. Dresen funkte zum Raumschiff, dass es sich lohnen würde, eine Abbauanlage zu errichten. Diese Anlage baut die Erze, in einer vorher vorbestimmten Region, automatisch ab und verlädt sie in Containern. Haben diese ihre Füllmenge erreicht, schießt sie ein Roboter automatisch in den Weltraum Richtung Erde. Eine dieser Anlagen befand sich noch an Bord. Der freigewordene Frachtraum würde natürlich mit Erzen gefüllt werden. Chefingenieur Dresen fragte die Biologin Lydia Georgens nach dem größtmöglichen Abbaugebiet. Über die im Raumanzug eingebaute Kommunikationsanlage antwortete sie: „Rodmenges gedurcht niotrozola." „Verstehe kein Wort!", rief Dresen. Er machte sich auf den Weg zu ihr, gab es Übertragungsprobleme? Er klopfte die Biologin von hinten auf den Raumanzug.

„Was sagten sie gerade, ich habe nichts verstanden!“ Lydia Georgens drehte sich langsam um und wiederholte: „Rodmenges gedurcht niotrozola.“ Dresen antwortete ganz ruhig: „Regonowa gedurcht.“ Inzwischen meldete sich Raumschiffkapitän Logan beim Außentrupp: „Die Berechnungen für die Abbauanlage steht. Warum höre ich von euch nichts mehr? Gibt es einen Defekt in der Kommunikations-Anlage?“ Auf dem Monitor sah Logan lediglich das Zeichen „Okay“... wir kommen zurück.

Das Außenteam versammelte sich und flog zum Mutterschiff zurück. Dort angekommen rief Logan dem Team zu: „Ich bin froh, dass ihr wieder hier seid, außer der defekten Kommunikation sah ich schwarze Schatten um euch herum, habt ihr das nicht bemerkt?“ Chefingenieur Dresen zog seinen Raumanzug aus und drehte sich zum Kapitän. Der erschrak und blickte in pechschwarze Augen: „Rodmenges gedurcht!“, sagte Dresen. Logan drückte gerade noch irgendeinen Knopf am Schaltpult, bevor er von einem der schwarzen Schatten übernommen wurde. „Loginos gedurcht“, sagte der Raumschiffkapitän danach. Weitere fast 80000 Schatten kamen an Bord. Das Raumschiff steuerte in Richtung Mars. „LOPA 6B auf dem Mars ruft das Raumschiff NEGUA 7, hört ihr uns? Die Raumhäfen auf dem Mars sind überlastet. Bitte fliegt zum Außenposten TITAN und geht in Wartestellung.“ Das Raumschiff NEGUA 7 steuerte den Mond Titan an, das wurde so von der Mars-Crew berechnet und im Automatik-Betrieb eingestellt. „In drei Stunden ist das Raumschiff NEGUA 7 dort angekommen, schnell die Auswertungen bitte!“, sagte Sicherheitschef Nels Gordon zur Mannschaft. Noch eine Stunde ... 30 Minuten ... „Hier die Auswertungen, Mr. Gordon, wir haben Sichtkontakt zum Schiff!“, rief Lex Andersen aus der Sicherheitsmannschaft. Nels Gordon studierte schnell die Auswertungen. „Eine Leitung zum obersten Präsidenten, schnell!“

Am Kommunikator, früher das rote Telefon, waren sofort alle Präsidenten der Länder auf der Erde parallel geschaltet. General Somatin war der Sprecher und gab sofort grünes Licht. In der Zwischenzeit war das Raumschiff NEGUA 7 am Mond Titan angelangt. Es gab keine Kommunikation, weder vom Schiff und schon gar nicht von der Mars-Station. „Station Kill!“, ordnete Sicherheitschef Nels Gordon an. Zwei Sekunden später explodierte der Mond Titan und vernichtete das Raumschiff NEGUA 7. Was war passiert?

Der Knopf, den Raumschiffkapitän Logan gedrückt hatte, nahm alle Informationen, Stimmen und Bilder auf. Der Bordcomputer analysierte alles. Bei unter Lichtgeschwindigkeit sendete der Bordcomputer alles zur Erde. Die Botschaft lautete: „WARNUNG! Eindringlinge an Bord... alle Crewmitglieder wurden übernommen ... 79.877 weitere körperlose Außerirdische an Bord ... sie wollen in menschliche Hüllen transformieren ... sie wollen die Erde übernehmen … WARNUNG!“ In allen Ländern der Erde wurde in den Präsidentengebäuden eine Tafel aufgestellt, mit den Worten: „Wir alle danken Raumschiffkapitän William Logan. Ohne Brot, Wasser und Natur gibt es diese Welt nicht mehr, aber dafür können wir zusammen sorgen. Ohne William Logan allerdings, gäbe es uns alle nicht mehr! Dank William Logan, von den Präsidenten und Menschen dieser Erde!“

Sehnsucht nach Zweisamkeit

„Was hast du heute Gutes in der Redaktion erlebt?“, fragte Jeff seine Frau Lisa abends. „Wenn ich das alles sage, war es das mit unseren zärtlichen Stunden heute Abend.“ Lisa lachte und bereitete das Abendessen, während Jeff den Wein öffnete. Es war das Jahr 2116. Jeff arbeitete in einem Labor für sehr dünne, aber dennoch hochstabile Kunststoffe. In allen Formen, Farben und Gewichten gab es diese Kunststoffe bereits. Nun verfolgte man das Ziel, diese Kunststoffe im Weltraum einzusetzen. Alle Fahrzeuge waren bereits aus Kunststoff. Knutschkugeln nennt Jeff sie liebevoll. Straßen und Fahrzeuge waren mit einem abstoßenden Magnetfeld ausgestattet, so gab es keine Reibung, das Fahrzeug schwebte vor- und rückwärts. Vor einhundert Jahren gab es noch schwere Geländewagen, heute schützte man die Natur. Eine Fortbewegung gab es nur auf festgelegten Strecken, aber Fahrräder gab es noch, natürlich aus Kunststoff, hoch stabil und sehr leicht. Lisa arbeitete in einer Redaktion, sie war sehr oft gestresst. Täglich waren unendlich viele Informationen zu bewältigen. Es waren im Jahr 2116 wichtige Infos, seit einigen Jahren hatten die Menschen doch erkannt, dass Qualität wichtiger als Quantität war. Auch gab es keine Sensationslust mehr, Wissen war wichtig, nur keine Zeit zu verschwenden war angesagt. Jack Renforce hatte einen neuen Superspeicher entwickelt, das war wichtig; und nicht, dass Sängerin Mink ein tiefes Dekolleté hatte. Die Zeit, während der Lisa und Jeff etwas miteinander unternahmen, war ihnen heilig und kostbar. Es ging oft an den Strand – einfach Nichtstun, etwas Beach-Volleyball. Auch gab es herrliche Verwöhn-Zentren in der City; Massagen und Meditationen waren hier angesagt. Leider begann der folgende Tag immer im Stress, denn alle neuen Informationen mussten verarbeitet werden. Nicht nur Lisa, auch Jeffs Kollegen überschütteten Jeff mit neuen Erkenntnissen, die die Supercomputer ausspuckten. Ja, so war das, vor Tausenden von Jahren verdoppelte sich Wissen in Jahren, im 18. Jahrhundert waren es wohl alle 15 Jahre, in der Zeit von Jeffs Großvater waren es schon nur noch 9 Monate. Jeff und Lisa erwarteten ein Kind und ein Arzt stellte bereits einen größeren Kopf fest.

Auch Jeffs Kopf war viel größer als der seines Vaters. Jeff und Lisa saßen nun am Kamin mit einem Glas Wein. „Kannst du dir vorstellen, Jeff, die neuen Computer erfassen unsere Gedanken und speichern sie. Alles Gesehene wird sofort verarbeitet“, sagte Lisa und schaut auf den Kamin. Zärtlich streichelte Jeff Lisas Rücken und meinte: „Was gleich kommt möchte ich aber lieber nicht mit meinem Kollegen morgen teilen.“ Für diese schönen Stunden richteten sich die beiden ein kleines Paradies ein, schöne Musik, eine Filmbildwand mit dem Strand von Miami Beach. Auf der Filmbildwand sah man die Wellen, man hörte das Rauschen, auch der Wind war zu spüren, die neueste Generation versprühte sogar den Duft des Meeres. Früher gab es Fototapeten, heute waren es die, mit viel Elektronik, Motoren und Minilüfter ausgestatteten, Filmbildwände.

Viele Jahre vergingen. Bei allen drei Kindern konnten Jeff und Lisa immer größere Köpfe feststellen. Es gab immer mehr Informationen. Die Technik der Teleportation wurde entwickelt. Der zu verarbeitende Stress wurde leider ebenfalls immer größer. „Lass' uns die Kinder in die richtigen Bahnen lenken, dann steuern wir auf einen Planeten zu, wo die Strände grenzenlos sind, wir das Meer riechen und hören, nicht wie jetzt nur aus dem Lautsprecher", schwärmte Lisa.

Die Zeit verging. Die Kinder waren aus dem Haus. Lisa und Jeff waren sogar schon Großeltern. Eines Tages kam Jeff mit einer Überraschung zu Lisa: „Ich habe zwei Teletransport-Karten zum Planeten Menochrome 3, ein weißer Sandstrand erwartet uns, Bäume mit Früchten, man nennt ihn den Planeten der Aussteiger. Wir sagen der stressigen Welt ‚Good bye!'." „Ja, Liebster, und dort treffen wir bestimmt die Sängerin Mink, das Dekolleté werde ich genau so tief tragen. Wen interessieren schon Supercomputer!", schwärmte Lisa und packte ihre Sachen. Einen Weg zurück wollten beide nicht mehr. Übrigens, Sängerin Mink sang jeden dritten Abend live in einer kleinen Bar. Das Dekolleté ist tief ausgeschnitten.

Sie ahnten das Schlimmste

Klaus Lehmann war Professor an der Universität in Heidelberg. Er vertrat konsequent seine Meinung, war aber auch aufgeschlossen gegenüber Andersdenkenden. Die Studenten kamen gern zu ihm in den Hörsaal. Astrophysik war ein heikles Thema. Die Thesen liefen oft stark an Lehmanns Ansichten vorbei. Im Geheimen beschäftigte sich der Professor mit Dingen, die sehr kompliziert waren und besser im stillen Kämmerlein bleiben sollten. Er befasste sich mit dem Gesetz der Gravitation und tüftelte und spekulierte über die rätselhaften Kräfte im Universum. Seine Möglichkeiten waren spektakulär, denn dank seiner guten finanziellen Lage besaß er eine ordentliche Ausrüstung, um Beobachtungen und Messungen durchführen zu können. Abend für Abend verschwand er im Dachgeschoss seiner Jugendstilvilla und horchte und hoffte auf Zeichen aus dem All. Der Professor glaubte fest daran, dass es noch andere Zivilisationen gab. Jedoch sprach er mit niemandem darüber. Viel zu heikel war dieses Thema. Oft schlief er über seine Berechnungen und Beobachtungen ein. In seinem Alter, er war 75 Jahre alt, konnte man sich schon mal ein Nickerchen erlauben. Doch auf seine geliebten Lesungen vor den Studenten wollte er noch lange nicht verzichten.

Eines Abends, er war gerade über seinen Gerätschaften in einen Tiefschlaf gefallen, empfing er ein eigenartiges Radiosignal. Er wurde davon wach. So etwas hatte er noch nicht gehört. Nach langem Prüfen, konnte der Professor herausfinden, wo dieses Signal seinen Ursprung hatte. Es musste von der Venus kommen. Unglaublich, dass gerade er es noch erleben durfte, eventuell einen Kontakt herzustellen. Sein Glaube an Außerirdische war so gefestigt, dass er keine anderen Gedanken zuließ. Noch konnte er dieses Signal nicht deuten und entschlüsseln. Er musste so schnell wie möglich jemanden finden, der ihm helfen könnte. Einen Kollegen, Edmund Held, auch ein Physiker, hatte er hinzugeholt. Wochenlang rechneten beide herum und versuchten das Signal zu entschlüsseln. Die Signale wurden häufiger und fordernder, sehr starke Signale, die eindeutiger gar nicht sein konnten. Professor Lehmann war zwar neugierig, da er schon so lange auf ein Zeichen gewartet hatte, aber gleichzeitig beschlich ihn ein unglaubliches Angstgefühl.

Tagelang hörten Dr. Held und er nicht einen Pieps. Sie gingen ins Labor unter dem Dach und gaben schon die Hoffnung auf, noch einmal irgendetwas zu hören. Leise schloss der Professor die Tür auf und musste mit Entsetzen feststellen, dass der Bildschirm des Computers hell erleuchtet war. Nicht nur das, sondern ein riesiger Schriftzug durchkreuzte die ganze Fläche. Dr. Held las vor was da stand: „Wir kommen vom Planeten Gordon. Wir wollen mit euch Kontakt aufnehmen und sind schon in eurer Nähe. Mein Name ist Nehpes." Die beiden Männer schauten sich ungläubig an, erschraken und zitterten am ganzen Körper. Gleichzeitig konnten sie nicht fassen, dass nach so vielen Jahren des Wartens endlich ein Traum real wurde.

Wieder vergingen Wochen des Wartens. Nichts geschah. „Niemals werden wir erleben, sie kennen zu lernen", sagte der Professor. Da hat sich doch garantiert einer einen Scherz erlaubt. Er las die Nachricht noch einmal, die er abgespeichert hatte.

Leider kam er nicht mehr dazu, darüber nachzudenken. Die ganze Stadt wurde plötzlich in tiefe Dunkelheit getaucht. Nichts funktionierte mehr. der Strom fiel aus und auf den Straßen fuhren die Autos aufeinander. Schlimme Dinge spielten sich ab. Leute wurden in der Dunkelheit beraubt, Geschäfte geplündert, verzweifelt und kopflos liefen alle umher. Es wurde immer erdrückender und auch die Dunkelheit ließ nicht nach, im Gegenteil, man hatte den Eindruck, dass es immer schwärzer wurde. Ein riesiges Raumschiff schwebte über Heidelberg. Es stand so tief, dass den Menschen die Luft zum Atmen genommen wurde. Auch nach Tagen verschwand es nicht. Heidelberg befand sich in einem Ausnahmezustand. Die Menschen waren starr vor Angst. Was geschah hier mit ihnen? Professor Lehmann und Dr. Held hatten keine Angst. Sie nahmen gar nicht wahr, was um sie herum geschah. Plötzlich wurde eine Beleuchtung an diesem Raumschiff eingeschaltet. Beleuchtung konnte man nicht sagen, nein, es war ein so grelles Licht, dass viele Menschen erblindeten. Unzählige Luken öffneten sich. Hunderte an der Zahl. Man konnte nur schätzen. Aus jeder Öffnung stieg eine Kreatur, die mit uns Menschen nicht die geringste Ähnlichkeit hatten. Sie hatten einen Kopf oder besser gesagt, eine Kugel. Es fehlten alle wichtigen Sinnesorgane. Keine Ohren, keine Augen, kein Mund, einfach nichts. Statt der Arme hingen an beiden Seiten eigenartige Schläuche herunter. Beine hatten sie überhaupt nicht. Diese Gestalten schwebten über der Erde und verständigten sich per Telepathie. Ihre Gedanken konnten sie jedem vermitteln. „Was wollen sie nur?“, dachte der Professor. Die Gedanken des Außerirdischen fraßen sich in die Gedanken von Lehmann ein. „Wir kommen in Frieden zu euch. Viel zu lange haben wir gewartet, um mit euch Kontakt auf zu nehmen. Auch wir hatten Angst vor euch, genau wie ihr jetzt vor uns Angst habt. Wir lieben zwar unseren Planeten, aber die Erde hat einiges mehr zu bieten.“ Der Doktor antwortete im Geiste. „Wie heißt du?“ „Ich bin Nephes“, bekam er zu hören. „Nephes, aber wie können wir euch helfen?“ „Dass wir mit einem riesigen Raumschiff hier sind, habt ihr wohl gemerkt.“ „Ja, es ist Schlimmes dadurch geschehen. Viele Menschen mussten sterben. Aber sag‘ schon endlich, was wir tun können.“ „Eigentlich ist es für euch kein Thema“, sagte Nephes. „Und wahrscheinlich lacht ihr uns aus. Aber Gordon stirbt aus, weil wir einfach nicht wissen wie wir uns fortpflanzen sollen. Es ist so traurig, denn wir sind gerade dabei, unseren Planeten zu kultivieren. Wir sind männlich und weiblich in einer Person, aber haben niemals erfahren, wie wir unsere Rasse erhalten können.“ Edmund Held und Klaus Lehmann waren Physiker, die einen Ruf zu verlieren hätten, wenn sie jetzt einen Fehler machen würden. Seit vielen Jahren schon forschten die beiden Männer und tüftelten, ob es vielleicht eine Möglichkeit geben könnte, dass sich auch Kulturen, die anders strukturiert sind als wir, vermehren könnten. Mit niemandem konnten sie bisher darüber reden, denn sie hatten eine Lösung gefunden. Nun wäre der Zeitpunkt gekommen zu beweisen, dass Forschen doch einen Sinn hat. Nephes sagte mit der Kraft seiner Gedanken: „Bitte versucht uns zu helfen, wir werden uns dankbar zeigen und alles tun, damit es euch gut geht.“ Immer weiter kam das riesige Raumschiff herunter. „Wir wollten das alles nicht“, meinte der Außerirdische. „Wir wollten euch nicht schädigen oder in Angst versetzen. Aber wie hätten wir sonst Kontakt zu euch aufnehmen sollen? Alles was zerstört wurde, werden wir wieder aufbauen.“ Lehmann sprach gedanklich mit Nephes: „Wir können euch helfen, wenn ihr dafür sorgen könntet, dass wir ohne die gefährliche Atomkraft Energie erzeugen können. Denn es passiert mit den Kraftwerken laufend etwas. Immer wird es vertuscht, weil es so schlimm ist, dass wir Menschen panisch würden.“ „Wir werden auch euch helfen“, versprach Nephes. „Nun redet und sagt uns, was wir tun müssen.“

Der Professor und Dr. Held gingen ins Labor, holten ein Reagenzglas heraus und gaben es der Kreatur. „Ein Tropfen davon“, sagte der Professor, „und ihr werdet euch vervielfältigen. Jahre haben wir gebraucht, um eine Lösung zu finden. Nehmt diesen Tropfen nur bei völliger Konzentration. Habt ihr dies getan, dauert es zwei Erdentage bis aus euch zwei weitere geworden sind. Was in diesem Reagenzglas ist, reicht, um dein Volk zu erhalten.“ Nephes bedankte sich und begann zu erklären, wie sein Volk helfen könnte: „Eure Atomkraft braucht ihr nicht, wir werden euch neue Kraftwerke bauen und diese mit einem bestimmten Treibstoff füllen, der innerhalb von sehr kurzer Zeit, ohne Probleme Energie für nicht nur eine, sondern für alle Städte gleichzeitig liefert.“ „Welche Art von Energie ist das?“, fragt ihn der Professor. „Es ist ein besonderes Gemisch aus den silbernen Gesteinen unseres Planeten und einem Gas mit dem Namen Rutan. Es wandelt euren Sauerstoff sofort in die Energie um, die ihr braucht.“ Lehmann und Held wollten wissen, wie dies von statten gehen sollte. Der Außerirdische antwortete per Gedankenübertragung ruhig und gelassen: „Ihr werdet nichts davon merken. In einer Nacht werden wir eure Kraftwerke verschwinden lassen und neue aufbauen, ohne dass jemand es bemerkt. Die Energie, von der ich euch berichtete, werden wir mit unseren Raumschiffen transportieren und die Kraftwerke damit füllen. Alles läuft so, wie es vorher war, nur Angst müsst ihr keine mehr haben." Nephes schwebte davon, in Richtung einer Luke, die zu tausenden unter dem Raumschiff waren. Von unten sahen sie aus wie Einschusslöcher. Das riesige Raumschiff erhob sich langsam in Richtung Atmosphäre und verschwand blitzschnell. Es wurde wieder hell, Strom floss und alles ging seinen gewohnten Gang. Niemand erinnerte sich an diese Katastrophe. Die zuvor verstorbenen Menschen, die durch Unfälle oder Überfälle ums Leben kamen, liefen wieder herum, als wenn nie etwas geschehen wäre. Professor Lehmann und

Dr. Held experimentierten weiterhin in ihrem Labor unterm Dach. Sie tüftelten schon wieder an einem Projekt, von dem sie besser nie jemandem erzählen sollten.

Sirius 12

Die Luft war erdrückend und schwül. Seit Wochen gab es keinen Regen. Die Trockenheit vernichtete Ernten und entwässerte viele Seen und Brunnen. Besonders die Farmer litten darunter, denn auch die Tiere vegetierten nur noch dahin, da das Wasser rationiert werden musste. Eigentlich stand Texas kurz vor der Vernichtung. Die kostbare Flüssigkeit reichte nur noch für einige Tage. Dann müssten die Menschen und Tiere über Transporte aus der Luft und den Lkws versorgt werden. Harry Sleet besaß eine kleine Farm im Norden von Texas. Ein paar Pferde und Schweine und ein kleiner Acker, auf dem er etwas Gemüsemais pflanzte, waren in seinem Besitz. Er ackerte Tag und Nacht, um die Tiere und das Land zu versorgen. Seine Frau war krank. Eigentlich war sie immer gesund, aber Mary Sleet fiel eines Tages in einen tiefen Schlaf, aus dem sie tagelang nicht erwachte. Danach war nichts mehr so wie es war. Mit ihren 40 Jahren war sie immer eine lebenslustige Frau. Harry war etwas jünger, aber die Arbeit auf der Farm und die Sorgen um seine Frau ließen ihn innerhalb von Wochen zu einem alten Mann werden. Mary Sleet konnte, nachdem sie aus dem tagelangen Schlaf erwachte, nicht mehr sprechen. Sie starrte nur noch vor sich hin und murmelte ab und zu ein paar unverständliche Worte, die sich etwa so anhörten: „Gnatnom Schotuum eflire som.“ „Was konnte sie nur meinen?“, dachte Harry Sleet. Er wollte sich aber nicht lange damit beschäftigen, denn die Arbeit war ihm wichtiger. Die Hitze wurde immer unerträglicher und das Wasser wurde knapp, sehr knapp. Steve Hendrix war der Sheriff in der Gegend und fuhr ständig umher, um wieder verdurstete Menschen und Tiere von den Straßen holen zulassen. „Unglaublich was hier passiert“, dachte er und versuchte mit der Zunge seine Lippen anzufeuchten. Doch plötzlich stand ein Mann vor ihm. Wie aus dem Nichts erschien er ihm. Groß, elegant gekleidet, eine perfekte Aussprache ohne Akzent. Aber er hatte einen ganz eigenartigen Glanz in seinen Augen. Der Sheriff dachte sich aber weiter nichts und fragte ihn: „Was kann ich für Sie tun, Mister?“ Der Mann schaute ihn mit seinen durchdringenden Blicken forschend an. Nun sprach er ruhig und gelassen: „Ich will mich hier auf diesem Planeten umschauen.“ „Aber das tun sie doch gerade, mein Freund, oder irre ich mich da?“

Der Mann antwortete nicht sofort. Doch dann sprach er in einer dem Sheriff unbekannten Sprache: „Gnatnom,

Schotuum, eflire som!“ Er wurde wütend und schrie diese Worte quasi heraus. „Wir brauchen eure Ressourcen und euer Wasser für unsere Planeten. Siranus und Runos sind am gefährdetsten. Wir trocknen aus. Unsere Atmosphäre ist nicht mehr zum Atmen geeignet. Alle Lebewesen sterben aus. Und wenn wir sehen, wie ihr mit euren Ressourcen umgeht, könnten wir platzen vor Wut. Aber wir werden Schluss damit machen. Wie ihr schon gemerkt haben solltet, ziehen wir euch langsam den Sauerstoff ab und auch das Wasser zum Trinken.“ „Aber warum?“, fragte der Sheriff. „Unschuldige Menschen werden sterben!“ „Darauf können wir keine Rücksicht nehmen. Wir haben auch auf der Erde schon Verbündete, die uns regelmäßig mitteilen, was hier passiert.“ Steve Hendrix war verzweifelt. Wer sollte ihm glauben, was er gerade erlebte? Der feine Herr verschwand so schnell wie er gekommen war. Die Sonne brannte erbärmlich und der Durst zerrte am Verstand des Sheriffs. Auf dem Weg zurück schaute er bei Harry und

Mary Sleet vorbei. Er klopfte an. „Hallo Harry?“, sagte Steve völlig durch den Wind. „Wie geht es deiner Frau?“ „Sie spricht immer noch nicht und wenn dann nur unverständliche Worte.“ Mary Sleet betrat das Zimmer und schaute den Sheriff mit durchdringendem Blick an. Sie sprach die Worte, die er zuvor von dieser Person auf der Landstraße zu hören bekam. „Gnatnom Schotuum eflire som.“ Übersetzt heißt es: „Seid auf der Hut, wir sind schon hier.“ Der Polizist sagte nichts mehr, sondern setzte sich, wurde kreidebleich und verlangte einen Schluck Wasser, den er mit Müh und Not bekam. Das Wasser der Brunnen war fast versiegt und die Tiere starben eines nach dem anderen. Tote lagen auf den Straßen und das Elend war nicht mehr aufzuhalten. „Diese Worte“, sagte der Sheriff, „habe ich heute schon gehört, von einem großen Menschen, der sehr elegant gekleidet war. Er sprach unsere Sprache und fügte diese Worte, genau diese Worte, hinzu. Er drohte mir. Er sagte, dass der Sauerstoff langsam der Erde entzogen wird

und das Wasser zu zwei Planeten transportiert wird, auf dem es langsam aber sicher keinen Sauerstoff und keine Möglichkeit mehr gibt zu überleben. Mary Sleet konnte plötzlich wieder sprechen, aber es war nicht ihre Stimme: „Wenn ihr schlau seid, kommt mit. Kommt auf unseren Planeten, gebt uns die Chance mit eurem Wasser und dem Sauerstoff wieder Leben aufzubauen. Bitte kommt. Unser Raumschiff steht in drei Tagen über Texas und ihr habt die Möglichkeit, mit uns zusammen etwas zu verändern. Eure Welt existiert bald nicht mehr und die Menschen sind dumm und selbstsüchtig. Sie haben alles zerstört."
Harry, Steve und Mary, aber auch viele andere Menschen, die bis zum Eintreffen des Raumschiffs überzeugt werden konnten, hatten sich zusammengetan, um den Planeten zu verlassen. Als das Raumschiff eintraf und über Texas stand, wurden diese Leute hinein geholt und reisten innerhalb kürzester Zeit zu einer fernen Welt. Denn irgendwann würde es nicht mehr möglich sein, die Erde zu

verlassen. Wir werden verlieren. Der Mensch wird lernen müssen, dass Sauerstoff, Wasser und Nahrung ein Geschenk sind, mit dem er sorgsamer umgehen muss, damit unser Globus nicht in der unendlichen Dunkelheit des Universums verschwindet.

Hoka Hey

Der Truck, vollbeladen mit Benzin, raste direkt auf die Tankstelle zu. Der Highway war abschüssig. Hinter der Tankstelle ging es bergauf. Ob die Bremsen versagten, der Fahrer einen Fehler machte, es ist nicht bekannt. Das über 20 Meter lange Gefährt schleuderte und drehte sich. Der Wüstensand wirbelte auf. Niemand ahnte etwas in der Tankstelle. Jennys sechsten

Geburtstag wollte man feiern. Dann krachte es. Der Truck schob die Zapfsäulen wie Spielzeug zur Seite. Benzinfontänen schossen durch die Luft. Zur Seite gekippt lag das Ungetüm vor der kompletten Tankstelle. Die 32 Grad im Schatten, die Benzindämpfe, das auslaufende Benzin, alles das ließ nichts Gutes für die 12 eingeschlossenen Menschen erwarten. Gut, dass ein Kurzschluss in der Außenbeleuchtung, mit der Aufschrift "Hoka Hey Driver", den Strom abgestellt hat. Sonst wäre es schon zur Explosion gekommen. Die Tankstelle ist schon seit Generationen im Besitz der Familie Hatah. Es ist ein indianischer Name. Hoka Hey hieß der Großvater oder der Urgroßvater. Das Aufschreien der Kinder, der Schock der Erwachsenen, legte sich langsam. Leider gab es nur nach vorne Fenster und Türen. Das lag daran, dass zur Rückseite die Sandstürme den Sand immer auftürmten. Nun lag der Truck vor Fenster und Türen.

Die Kinder mussten sich flach auf den Boden legen, um nicht so viel Dämpfe einzuatmen. Alle Erwachsenen gruben ein Loch, um auf die andere Seite fliehen zu können. Fliehen vor einer riesigen und tödlichen Explosion. Es war nur eine Frage der Zeit. Sie gruben unaufhörlich und in der Tankstelle, türmte sich ein Sandberg. Eine feste Platte stoppte ihr Bestreben, in die Freiheit zu gelangen. Sie klopften die Platte ab. Kein Holz, kein Metall, kein Stein. Etwas Leichtes und dumpfes. War es die Rettung oder mussten sie aufgeben? Da war ein eigenartiger Riegel, nicht zum Ziehen, nicht zum Drehen. Er bewegte sich nach innen. Langsam, etwas knirschend vom Sand, öffnete sich die Tür. Es war eine Luke. Frischer Sauerstoff kam ihnen entgegen. Jennys Vater, stieg zuerst ein, dann die Kinder und jetzt alle anderen Erwachsenen. Das Kleid von Jennys Mutter blieb an einem inneren Hebel hängen. Die Luke schloss sich wieder. Es war hell in dem Raum.
Woher kommt das Licht? Weitere Türen öffneten sich. Technische Geräte

vermischten sich mit indianischen Werkzeugen. Ein durchsichtiger Sarg war zu sehen. Es lag ein Mensch darin, ein Indianer. Was sollten sie nur tun? Diese Knöpfe, diese Beschriftungen, dieses Licht. Alle haben so etwas noch nie gesehen, wohl aus Science- Fiction-Filmen. Sollte es etwa ein Ufo sein? In diesem Augenblick gab es eine riesige Explosion. Der Truck explodierte. Selbst wenn sie frei und schnell gewesen wären, wie hätten sie es schaffen können? Nach dem Feuer wachten alle unbeschadet in der Wüste auf. Sie konnten sich an nichts mehr erinnern. Ein weiterer Mann war bei ihnen. War es ein Durchreisender? Oder der Truckfahrer?

Niemand wusste es. Auf seiner Halskette waren in indianischer Schrift die Symbole: „Hoka Hey“, übersetzt: „Pass‘ auf“

Terror – Das war dann doch zu viel

Die Weltmächte waren sich mal wieder nicht einig. Soll es mehr Atomkraft geben oder weniger? Soll es mehr Raketen geben oder weniger? Wie groß muss eine Streitkraft sein? Wer hat Anspruch auf die Seltenen Erden? Wo verlaufen die Grenzen? Man könnte dies noch unendlich weiter aufzählen, unendlich diskutieren, streiten und Muskeln spielen lassen. Im Jahr 2067 gab es nicht etwa den so lange erhofften Weltfrieden, im Gegenteil, alles wurde dramatischer. Die Kluft zwischen Arm und Reich wurde immer größer. Geld für die Erforschung des Weltraums gab es schon lange nicht mehr. Geld für Hungersnöte schon gar nicht. Demonstrationen gegen den Welthunger, gegen Waffen, gegen das Töten der Wale, alles das gab es. Es brachte aber nichts. Eine, dem Namen nach, fröhliche Gruppe, formierte sich, TITU genannt. Sie warben erst Mitglieder, sie wollten Gerechtigkeit auf der Erde. 2069 gab es in jedem Land diese Gruppe, kamen sogar als Partei in den Bundestag, zogen in den Kongress der Vereinigten Staaten ein, sie waren überall vertreten. Milliarden an Geldern sammelten. Dann begann die Gruppe oder Partei oder was auch immer, Waffen zu kaufen. Wieder warben sie damit, dass es dem Weltfrieden diene. Das Töten von Elefanten und anderen Tieren sollte unterbunden werden. Nur, wozu brauchten sie Raketen? Wozu heuerten sie Wissenschaftler an? Waren sie etwa schon im Besitz von Uran? Viele Menschen wurden plötzlich nachdenklich. Wer steckt eigentlich hinter TITU? Was bedeutet TITU? Die Weltmächte waren so sehr mit dem Machtgehabe auf der Erde beschäftigt, dass sie wie Fliegen umherflogen und nichts mehr unternehmen konnten, als es am 1. Januar 2071 zum Super-GAU kam. Die TITU waren überall auf der Welt aktiv. Sie legten das Internet lahm. Sie sabotierten die Stromversorgungen. Bomben explodierten in unzähligen Städten auf dieser Welt. Die Anführer der Weltmächte wurden gekidnappt. Die TITU forderte die totale

Kapitulation. Die TITU wollten die Erde überall gleichmachen. Keine Grenzen, keine Macht den Ländern, kein Reichtum, ja, sie wollten auch alle Weltkulturerbestätte dem Boden gleichmachen. Nichts sollte an vergangene Kulturen, Länder und Mächte erinnern, einfach nichts. Ab heute sollte die Zeitrechnung der TITU gelten. Jetzt kamen auch die Anführer zu Wort. In allen Sprachen, in alle Länder gesendet, sprachen sie: „Wir sind TITU, die Weltherrschaft TERROR IN THE UNIVERSE! Es wird ab jetzt nur noch uns geben. Wer sich widersetzt, wird bestraft. Wer Gegenwehr leistet, wird sofort getötet. Wir sind überall."
Gehirnwäsche war das Zauberwort. Damit machten sie alle gefügig. TITU begann mit der Vernichtung der Pyramiden. Raketen wurden mit Atomsprengkörpern bestückt und zur Abschussrampe transportiert. Man weiß nicht, wie viele Menschen bereits ihr Leben verloren haben. Man weiß nicht, ob der Nachbar ein TITU-Anhänger ist. Man weiß nichts. Die Rakete war startklar. Weitere wurden von vielen versteckten

Basen auf der Erde mit Atomsprengköpfen bestückt.

Die Ziele wurden rund um die Welt strategisch ausgewählt. Unter anderem auf die Maya-Kultur, auf Griechenland, auf buddhistische Tempel und weitere Denkmäler. Der Countdown begann, drei zwei, eins und ... und da waren sie da, plötzlich, und wie aus dem Nichts! Riesige Raumschiffe bezogen rund um die Erde Stellung. Ein Netz in der Stratosphäre wurde gespannt. Es bestand aus Laserstrahlen, die abgelenkt werden konnten. Wo auch immer auf der Erde eine Rakete startete, der Laserstrahl erwischte sie und löschte sie aus. Die Laserstrahlen zogen ihr Netz immer feiner.

TITU-Anhänger wollten gerade auf eine demonstrierende Menschenmenge mit ihren Maschinengewehren feuern, der Laserstrahl löschte sie aus. Der Himmel wurde zuerst dunkel, denn die Raumschiffe verdeckten die Sonne. Dann wurde der Himmel rot, durch das immer feinere Netz der Laserstrahlen. Dann folgte die Botschaft: „Denkt positiv, habt reine Gedanken, schaltet Logik und Gefühl ein. All das negative Denken wird nun vernichtet.“ Die gesamte Erde erleuchtete nun in strahlendem Rot. Alle TITU-Anhänger, alle Waffen und Raketen, waren in Sekundenschnelle verschwunden. Alle Staatsoberhäupter wurden befreit und schwören nun einen Weltfrieden. Ehe alle richtig realisieren konnten was passiert war, waren die Raumschiffe wieder verschwunden. Es war im Januar 2071, bei einigen war es Sommer, bei anderen herrschte Winter, der blaue Himmel strahlte aber an diesem Tag überall wieder.

Verloren im Universum

Die Menschheit gab es schon lange nicht mehr. 80 Milliarden Jahre nach Erdenzeit ist es im Universum dunkel geworden. Die Schwarzen Löcher innerhalb der Galaxien haben so gut wie alle Sterne und Planeten geschluckt. Vereinzelt sah man noch hier oder dort etwas leuchten. Der Raum zwischen den ehemaligen Galaxien ist unendlich weit und unendlich leer geworden. Bald würden die Schwarzen Löcher keine Nahrung mehr haben. Da sie so weit voneinander entfernt waren, konnten sie sich nicht gegenseitig beeinflussen, sie würden einfach nur verhungern und sich auflösen. Von Beginn des Urknalls an hat sich das Universum um den Faktor eine Quadrillion vergrößert. Um die Menschheit zu retten, baute man ein Raumschiff, noch bevor die große Katastrophe eintrat. Ein Himmelskörper raste auf die Erde zu, er war nur minimal kleiner als der Mond. Alle Weltmächte taten sich zusammen, aber es gab keine erfolgreichen Gegenmaßnahmen. Nun gab es verschiedene Meinungen der Wissenschaftler. Einige glaubten, dass der Geist weiterhin existieren würde, dann ließ man geschehen, was geschah. Andere glaubten an eine Parallelwelt und gingen davon aus, dass es mit ihnen dort sowieso weiterginge. Wieder andere glaubten an die Einmaligkeit des Menschen und seines Seins, sie wollten im Universum ein neues Zuhause suchen. Die letzten Jahre auf der Erde vergingen also entweder im völligen Chaos oder aber an anderer Stelle, in ruhiger Erwartung.

8 Monate, 7 Tage und 11 Stunden vor dem Einschlag auf die Erde, startete das Raumschiff EARTHLING 2666. Das Raumschiff wurde angetrieben von der Dunklen Energie, die zog das Raumschiff immer schneller an den Rand des Universums. Um die Kältekammern mit Energie zu versorgen, griff man einfach in den Weltraum und sammelte Dunkle Materie ein, davon war ja genug vorhanden.

Während des Kälteschlafs benötigte die Mannschaft keine Nahrung, danach standen Nahrungsersatzstoffe zu Verfügung, nicht schmackhaft, aber man konnte davon leben. Die Mannschaft auf der EARTHLING 2666 beschloss, die Vernichtung der Erde nicht miterleben zu wollen. Bereits kurz nach dem Start gingen alle in den Tiefschlaf. Von der Erde aus wurde die Reise des Raumschiffs die letzten acht Monate überwacht, bevor der Einschlag die Erde völlig zerstörte. Die Reisegeschwindigkeit begann durch die Dunkle Energie langsam und steigerte sich dann auf Lichtgeschwindigkeit. Die Wissenschaftler berechneten ein Aufwachen aus dem Kälteschlaf nach etwa zwanzig Jahren. Dabei machten sie allerdings den Fehler, dass, wenn das Raumschiff mit Lichtgeschwindigkeit auf einen Himmelskörper zuflog, immer wieder bis auf wenige Stundenkilometer abgebremst wurde und es das Objekt umfliegen musste. Und danach, wenn der Weg frei war, es erst wieder auf Lichtgeschwindigkeit ansteigen konnte.

Das Universum dehnte sich immer schneller aus. Viele Sterne und Galaxien stießen zusammen, aber alles wurde nach außen gezogen. Das im Raumschiff verbaute Antigravitations-Modul arbeitete zwar einwandfrei, doch glaubte man, dass es auch bei Lichtgeschwindigkeit Berechnungen durchführen konnte. Das war ein Irrtum und so bremste das Notlauf-Modul immer die Geschwindigkeit ab. Das alles ist nicht weiter tragisch, aber statt der zwanzig Jahre Kälteschlaf war das Raumschiff nun fast 67 Milliarden Jahre unterwegs. Das Raumschiff schaffte es knapp bis an die Außengrenze des Universums. Es flog auf ein Nichts zu. Zurückgeschaut sah man nur noch wenige leuchtende Objekte. Die Mannschaft wachte irgendwann auf, nach der Berechnung des Computers zur genau eingestellten Zeit nach zwanzig Jahren, von den eigentlichen 67 Milliarden Jahren wussten die Besatzungsmitglieder nichts. Alle waren wie geschockt. Niemand hatte eine Erklärung. Und dann ging alles sehr schnell. Die letzte Materie wurde von den Schwarzen Löchern aufgesaugt. Sie selbst lösten sich in Nichts auf. Dann gab es keine Materie mehr im Universum, keine Zeit, nur noch das Nichts, eine Leere. Und wer meint, in diese Leere, ins Schwarze zu schauen, das wäre das Nichts, der irrt. Die Besatzung stand wie versteinert vor dem geöffneten Plasmafenster und sah das absolute Nichts auf sich zu kommen. Das Universum wurde von innen nach außen aufgelöst. Immer näher kam dieses absolute Nichts. Dann traf es auf das Raumschiff und den übriggebliebenen Rest des Universums. Nun gab es nichts mehr, nichts erinnerte noch an Zeit, Materie, Raum, spielende Kinder. „Hallo, wir sind hier! Seid gegrüßt!", sagte eine Stimme. Die Raumschiff-Crew wurde von strahlenden Wesen begrüßt. „Wartet, wir zeigen uns, wie wir waren, wie ihr uns kennt!" Alle existierten, alle Freunde, alle Familienmitglieder, auch die letzten

Wissenschaftler bei der Verabschiedung vor dem großen Flug. „Ja, wir überlebten. Der Himmelskörper kam auf uns zugeschossen. Es wurde heiß. Uns wurde schwarz vor Augen und im gleichen Augenblick befanden wir uns in einem Paralleluniversum. Alle Wissenschaftler hatten damals Recht. Der Mensch als Lebewesen war in seiner Form einmalig, natürlich gab es im Universum verschiedenartiges Leben. Auch die hatten Recht, die gesagt haben, dass der Geist immer existiert. Und auch die, die an Parallelwelten geglaubt haben. Und nun warten wir alle auf einen neuen Urknall."

Rettungsmission außerhalb aller Grenzen

Das Raumschiff DARK 5000 trieb nun bereits seit mehr als 200 Molanen, das sind etwa 360 Jahre auf der Erde, in der Dunkelheit, im Nichts. Die Besatzung versuchte damals, den letzten Stern im gesamten Universum zu überwinden und über diese Grenze des sich ausdehnenden Weltalls zu fliegen. Erwartete sie weiterer Raum, in das sich das Universum ausdehnen würde oder eine Wand, wie die Außenhaut eines Luftballons? Mittlerweile sind auf dem letztgelegenen Planeten im Universum der THORN Generationen vergangen. Der kleine Ridock, dessen Vater an der Mission der DARK 5000 beteiligt war, wurde ein erfolgreicher Wissenschaftler. Er entwickelte die Raumschiffgeschwindigkeit Solexus, ein Vielfaches der bis dahin möglichen Lichtgeschwindigkeiten, dem sogenannten Lichtsprung. Um nicht noch ein Raumschiff zu verlieren, blieb alles über zwei weitere Generationen Theorie. Heute ist nun der Tag, an dem Ridocks Enkel,

Kommandant Riment, mit dem Raumschiff DARK 5000 B einen weiteren Versuch starten sollte, um die Grenzen des Universums zu überwinden. Für Ridock stand es immer fest, dass das Raumschiff DARK 5000 nur verschollen war, sich nicht in der Dunkelheit, dem Nichts, aufgelöst hat. Seine Theorie war: das Nichts ist Etwas. Der Start glückte perfekt. Schnell wurde auf die Geschwindigkeit Solexus umgeschaltet. Von allen Radarerfassungsgeräten verschwand das Raumschiff, diese Geschwindigkeit konnte kein Messgerät verfolgen, kein Kontakt war möglich, einfach nichts. Aber genau das berechnete Ridock damals, es war also alles im grünen Bereich. Ridock hatte aber auch die passende Lösung, Bojen wurden aus dem Raumschiff geschossen, die alle bis dahin gesammelten Informationen und Kommunikationen gesammelt hatten. Diese Bojen blieben genau am Aussetzpunkt stehen, konnten also auch als Wegweiser für einen Rückflug dienen. „Das ist ja wunderbar, die erste Boje sendet. Der

Mannschaft geht es gut. Ein Hoch auf unseren verstorbenen Wissenschaftler Ridock!“ Die Mannschaft in der Zentrale jubelte und staunte, dass der letzte Stern HOPE RIMOCK 7706 nach nur drei Zenturen überwunden wurde, das waren fünf Millisekunden auf der Erde. Weitere Bojen wurden ausgesetzt. Das Raumschiff DARK 5000 B befand sich schon lange in der Dunkelheit, im Nichts. Damals, bei der vorherigen Mission, gab es ein Problem, als das gesamte Universum nicht mehr sichtbar war, als es als kleiner Punkt verschwand, absolut keine Orientierung mehr möglich war, kein Instrument mehr funktionierte. Mit den ausgesetzten Bojen gab es nun diese Signale. Das Raumschiff DARK 5000 B flog immer weiter ins Nichts, was bedeutete, dass das Nichts etwas war, es gab den Raum, in dem sich unser gesamtes Universum ausdehnen konnte. „Wie weit fliegen wir?“, fragte Steuermann Sinks Kommandant Riment. „Der Auftrag lautet, sucht das Raumschiff DARK 5000, falls es einen Raum gibt, in dem sich das Weltall ausdehnen kann!“, sagte Riment. Die Zeit verging, das Raumschiff drang immer tiefer ins Nichts ein. „Welch gewaltiger Raum um das Weltall aufgebaut ist, wer hat das wohl erschaffen? Gibt es wirklich kein Ende?“, fragte Wissenschaftlerin Blenk an Bord der DARK 5000B. Ihr Kollege Force rief plötzlich: „Ich habe minimale Spuren von einem Lichtsprung-Antrieb gefunden, ansonsten gibt es hier keine Atome, keine Strahlung, einfach nur Nichts!“ „Wir folgen der Spur!“, befahl der Kommandant. „Alle Informationen sind in der nächsten Boje zu speichern!“ „Ein Objekt kommt auf uns zu!“, schrie der Steuermann. „Ausweichkurs! Festhalten!“, kommandierte Riment. Mit einer Wahnsinnsgeschwindigkeit, das Zigfache der heute bekannten Solexus-Geschwindigkeit, wären sie fast mit dem Objekt kollidiert. Das Objekt stoppte, die DARK 5000 B stoppte ebenfalls. „Hier Kommandant Renkin vom Raumschiff DARK 5000, ich begrüße Sie Kommandant Riment der DARK 5000 B!“, sagte die Stimme aus dem Kommunikationsgerät. Völlig erstaunt antwortete Kommandant Riment: „Wir können uns doch gar nicht kennen, wie kommt es, dass Sie leben? Woher kommen Sie? Wieso können Sie so schnell fliegen?“ Aus dem Lautsprecher kam die Antwort: „Fragen über Fragen, alles wird beantwortet. Alles ist schwer zu verstehen, aber alles wird geklärt. Nur so viel vorab, wir trafen auf ein Paralleluniversum, dort gibt es uns ebenfalls. Ridock lebt hier noch und hat eine noch schnellere Geschwindigkeit entwickelt. Nun kommen wir mit vielen Informationen zurück zu unserem Heimatplaneten. Der Raum für alle Universen scheint grenzenlos zu sein!“

Schottische Geschichten

In einem kleinen mittelalterlichen Dorf am Fuße der Hänge des Couchair, spielten sich um 1943 herum, unglaubliche Dinge ab. Eigentlich spricht man in Schottland nur noch hinter vorgehaltener Hand darüber, denn es ist so unglaublich, dass man sich eigentlich schämt davon zu reden.

1943... wie gesagt, es stürzte eine Wellington an der Südküste Soays ab. Gleichzeitig aber auch ein Absturz in Port Ellen auf Islay. Ein Beaufigther stürzte in der Nacht zum 3. auf den 4. Juni unterhalb des Gipfels in den Couachair. Aber es scheint unwahrscheinlich eine Verbindung zwischen den Abstürzen und dem kleinen Dorf herzustellen. Aber so unglaublich es auch ist, es gibt eine Verbindung. Simon und Betty McNeel, die ein herrliches Anwesen besaßen und eine Schafzucht betrieben, saßen abends vor ihrem Haus. Das Wetter war ausnahmsweise einmal klar. Ansonsten herrschte ein raues und diesiges Klima. Die beiden ließen noch einmal den Tag an sich vorbeiziehen und sprachen über die Einnahmen ihrer Schafzucht. Sie lebten auf St. Kilda, eine isolierte vulkanische Inselgruppe, die nur mit Booten erreichbar war. Aber die McNeels lebten seit ihrer Geburt hier. Das raue Klima und die wenigen Menschen machten ihnen nichts aus. Sie kamen gut damit zurecht. Das Fleisch der Schafe wurde bis nach Edinburgh verkauft und dort weiterverarbeitet und in ganz Schottland als Qualitätsfleisch vertrieben. Plötzlich sah Simon McNeel ein riesiges Objekt am Himmel. Ungefähr die Form eines U-Boots, nur viel größer. Ringsumher beleuchtet mit roten und blauen Lampen. Das Licht war so grell, dass seine Augen brannten. Noch ehe er seine Frau darauf aufmerksam machen konnte, sah auch Emelie dieses Ding am Himmel. Sprachlos schauten sie sich an. Was war das? Das Entsetzen stand ihnen im Gesicht geschrieben. Angst machte sich breit aber sie konnten ihre Blicke nicht abwenden. Die Schafe blökten wie verrückt durcheinander. Es wurde stockdunkel und das Objekt kam näher. Der gesamte Himmel war mit diesen Zigarrenförmigen Raumschiff ausgefüllt. Der Pilot, der Wellington an der Südküste Soays, traute seinen Augen nicht. Nichts funktionierte. Sämtliche Ortungsgeräte versagten. Die Funkverbindung brach ab. Der Schreck über das riesige Flugobjekt und die grelle Beleuchtung saß dem Flugzeugführer im Nacken. Aber ehe er wieder einen klaren Gedanken fassen konnte, stürzte das Flugzeug ab und zerschellte in Tausenden von Teilen. Ebenso der Pilot des Beaufigther sah diese riesige Zigarre, die den kompletten Himmel verdunkelte. Vor Schreck bekam er einen Herzinfarkt und stürzte innerhalb von Minuten in die Tiefe.

Zurück zum Ehepaar McNeel. Das ganze Spektakel dauerte nur wenige Minuten und hinterließ einen Schock, größer könnte er nicht sein. Jedoch, es würde nicht die letzte Begegnung sein. Einige Wochen später, der Vorfall war schon fast in Vergessenheit geraten, ging Simon McNeel auf die Weide und musste mit Entsetzen feststellen, dass seine komplette Schafherde tot auf der Wiese lag. Um Gottes Willen, was war hier los. Wer hatte das getan? Eine Seuche? Oder ein Sadist, der hier am Werk war?

Es funktionierte nichts mehr. Telefonieren ging nicht. Der Strom war weg, der erst vor ein paar Wochen mühselig angeschlossen wurde. Bis dahin lebten sie ohne Strom, aber so wie es aussah, hatten sie nicht lange Freude davon. Der Himmel verdunkelte sich wieder. Nichts war zu sehen, als nur eine schwarze Wand. Das Raumschiff war in Bodennähe gekommen und zwei Personen stiegen aus. „Wir kommen in Freundschaft.“, sagten die Fremden. Nicht mit Worten, sondern mit ihren Gedanken, die von den McNeels aufgenommen wurden. Die zwei Wesen hatten keine Aura, keine Augen und auch keine ersichtlichen menschlichen Merkmale, aber sie strahlten eine Wärme aus, dass es den beiden nicht nur körperlich warm, sondern auch warm ums Herz wurde. Diese Güte und Liebe, die von ihnen ausging, war unglaublich groß. „Wir möchten euch mit unserem Planeten bekannt machen, aber wir mussten feststellen, dass die Menschen hier auf Erden wenig Liebe geben und schon gar keine annehmen wollen. Warum ist das eigentlich so? Wir haben auch keine Antwort darauf.“, sagten die McNeels. „Wir wollen ja nur beweisen, dass es auch anders geht und die Menschen noch glücklicher sind, wenn sie das Leben auf unserem Planeten kennen würden. Aber nur diejenigen, die wirklich Liebe in ihrem Herzen haben, können uns sehen. Unser Planet heißt Mauritius. Von der Erde aus sind es nur wenige Lichtjahre entfernt. Wir liegen in der bewohnbaren Zone, sodass wir alles das haben, was es hier auf Erden auch gibt, um ein Überleben zu gewährleisten. Dass wir noch nicht entdeckt wurden, können wir nicht verstehen. Das Einzige, was uns unterscheidet, ist, dass wir über die Gedanken miteinander in Verbindung treten und wir nicht wie Menschen aussehen. Außerdem leben wir auch von Viehzucht und Ackerbau. Nur bei uns wachsen üppigere Gewächse, da das Klima konstant ist. Auch haben wir die Möglichkeit durch Zeitschleifen den Weg zur Erde abzukürzen. Unsere Raumschiffe werden mit besonderen Materialien gebaut. Lichtgeschwindigkeit ist kein Thema mehr für uns, sondern wir können uns per Gedanken auf jeden Planeten befördern, egal wo wir hin wollen. Das alles, hätten wir euch gerne gezeigt und uns mit euch darüber ausgetauscht. Wenn nur die Menschen nicht so verbohrt und stur wären. Sie rücken einfach nicht von ihren Prinzipien ab, wollen nichts erfahren. Alles ist ihnen zu unbequem und kompliziert.“

Emelie und Simon McNeel gingen mit und blieben für immer auf Mauritius. Sie wurden sehr glücklich und nutzten die Chance, die den meisten Menschen verwehrt bleiben wird. Man kann verstehen, dass über dieses Ereignis nur hinter vorgehaltener Hand gesprochen wird und nicht zu glauben ist.

Aus dem Buch „Horror & Co.“:

Das Auge

Woran denken Sie, wenn Sie sich im Badezimmer die Hände waschen? Nach der Rasur die Barthaare wegspülen? Den Zahnbecher mit Wasser füllen? Nichts? Oder: Komme ich zu spät zur Arbeit? Auf keinen Fall, dass Sie beobachtet werden, schließlich lässt sich die Badezimmertür absperren! Nun, genau dies dachte sich wohl auch Angela McCorby, oder auch nicht! Was ist geschehen? Durch einen Defekt, keiner weiß, wie es passieren konnte, ist Abwasser in die Frischwasserzufuhr des Hauses an der

Lincoln Street 55 eingedrungen. Lediglich stellte man bislang fest, dass Abwasser der naheliegenden Industrie-Unternehmen in den Garten der McCorby's gelang. Wie jeden Morgen war Angela die letzte im Haus. Noch schnell die Küche aufgeräumt, die drei Kids hinterließen wieder eine Großbaustelle, nun noch das Badezimmer gereinigt, danach ging es ab ins Büro. Der Ablauf fand auch wie immer so statt. Nur, was glitzerte dort im Siphon des Waschbeckens im Badezimmer? Hat ihre Tochter Diana etwa einen Ohrring verloren? Angela schaute sich das glitzernde Etwas genauer an. Immer näher und näher schaute sie in das Waschbecken. Plötzlich sprang ihr etwas ins Auge, es war wohl ein Wassertropfen. Alles schien okay... nun ab ins Büro. Tage später bemerkte Angela, dass sich ihr Augenlicht auf dem rechten Auge verschlechterte. Auch eine Verfärbung und Verdickung stellte sie fest. Zunächst bekämpfte Angela das Übel mit Augentropfen. In der Nacht hatte Angela schlimme Albträume, ihr Ehemann Stan weckte sie oft. Morgens konnte sich Angela an alle Vorkommnisse im Traum erinnern. Eigenartiger Weise sah sie immer Leichen vor ihrem sogenannten dritten Auge. Auch am Tag, und in der Nacht sogar Gesichter.

„Da reicht nun nicht mehr ein Augenarzt!“, flachste Stan. „Da musst du wohl zum ...!“ „Sprich nicht weiter!“, stoppte ihn Angela. Mit den Tagen veränderte sich Angela. Sie trug nun eine dunkle Sonnenbrille, sie verhielt sich auch sehr zurückgezogen. Nun reichte sie auch noch unbezahlten Urlaub ein. Die Hausarbeit erledigte Angela nur noch mit Widerwillen. Als ihr auch noch mehr Haare ausfielen, quartierte sie sich im Gästezimmer ein. Die Tage vergingen. Die Kinder wurden vom Vater versorgt, Angela kam nicht mehr aus dem Zimmer, sie schloss sich ein. Die Familie sorgte sich sehr, auch Dr. Miller, Hausarzt der Familie, wurde nicht von Angela empfangen. Eines Nachts machte sich Stan daran, mit einem Draht den Schlüssel der Tür auf den Fußboden fallen zu lassen. Vorher schob er ein Blatt der Tageszeitung unter die Tür durch. Es klappte, der Schlüssel fiel auf das Blatt, langsam zog Stan nun das Blatt mit dem Schlüssel zu sich. Vorsichtig und leise öffnete er die Tür. Nun schlich er zum Gästebett, Angela schlief fest, sie stöhnte. Sie trug eine Augenklappe, ihr Gesicht war geschwollen. Vor dem Bett lagen ihre wunderschönen Haare, alle waren ausgefallen. Stan erschrak, er nahm die Augenklappe von Angelas Kopf ab und schaltete die Nachttischlampe ein. Eine Todesangst hatte Stan, als er die verschrumpelte Gesichtshälfte mit den Narben und Pocken sah. Angela schlief weiter, stöhnte dabei, aber ein Auge schaute Stan an, es war ein grauenhafter Anblick, das war kein Auge, es war ein ganzer Organismus mit Augen und Mund. „Bezahlen werdet ihr alle dafür, bezahlen!“, quietschte es aus dem verunstalteten Mund. Stan rannte aus dem Haus und übergab sich. Sofort rief er den Sheriff. Das FBI schaltete sich ein. Die ganze Familie und das ganze Anwesen wurden unter

Quarantäne gestellt. Ja, nun sind sechs Monate vergangen. Angelas schönes Gesicht konnte nicht gerettet werden, die plastische Chirurgie tat aber ihr bestes. Aber sie lebt und die Familie wohnt nun in Canada.

Sie fragen nach der Ursache des ganzen? Eine der Firmen arbeitete mit hochgradigen Säuren. Sicherheitsvorschriften wurden nicht eingehalten. Arbeiter, die in Säurebecken fielen, wurden im Erdreich entsorgt. Arbeiter, die sich verätzten, wurden umgebracht. Auf dem Betriebsgelände wurden 186 Leichen gefunden, 34 Jahre gab es diesen Betrieb, wer weiß, was noch alles ans Tageslicht kommen würde. Der Besitzer stürzte sich am Tag der Durchsuchung in eines der riesigen Säurebecken.

Aus dem Buch „Schicksal & Co.“:

Im Schatten des Geldes

Meine Geschichte spielt in New York. In einem kleinen Restaurant, „Planet Hollywood“, arbeitete Sara, eine 35 jährige junge Frau. Sie verdiente für sich und ihre Eltern den Lebensunterhalt. Vater und Mutter sind sehr krank, können sich keine Krankenversicherung leisten und sind daher auf Sara angewiesen. Sara beklagt sich nie und nahm aus Angst, ihren Job verlieren zu können, die schlechten Launen der gestressten Gäste und ihres Chefs in Kauf. Eines Morgens ging die Drehtür des Restaurants auf und ein gutgekleideter Mann mittleren Alters kam herein. Er setzte sich an den Tisch und bestellte etwas. Sara schaute ungläubig. Niemals rechnete sie damit, dass solche Leute einen Fuß in dieses Restaurant setzen. In der Nähe gab es

Kurierdienste, Taxi-Unternehmen und andere Dienstleistungsangebote... Hektik herrschte in der Straße, die sich auch auf das Schnellrestaurant übertrugen... und nun kommt dieser gutaussehende, überlegene Mann herein und verbreitet eine ruhige Atmosphäre. Leider hatte Sara durch den Stress keine Zeit zu träumen... Als sie kassieren wollte, stellte er sich vor. „Mein Name ist John Breston, ich arbeite hier an der Börse. Man sagte mir, dass das Essen bei Ihnen sehr gut ist, aber hauptsächlich bin ich hier, weil sie mir schon länger aufgefallen sind.“ Sara war etwas verlegen, konnte ihre Blicke aber nicht abwenden. „Darf ich Sie morgen Abend zum Essen ausführen?“ fragte Breston. Sara antwortete schnell: „Aber ich kenne sie nicht, wie käme ich dazu? Ich will es mir trotzdem überlegen.“ Kurz darauf verschwand Breston wieder, legte seine Visitenkarte neben die noch halb gefüllte Kaffeetasse. Warum sollte sie eigentlich nicht mit ihm ausgehen? Seine Art, seine Ausstrahlung und sein Benehmen haben ihr doch sehr gefallen. Sie nahm allen Mut zusammen, rief ihn an und verabredete sich mit Breston. Am späten Abend, nach ihrem Date, rief sie ihn an und sagte: „Es war schön, ich habe den Abend sehr genossen, ich habe mich in Ihrer Gegenwart sehr wohl gefühlt.“ Von nun an verabredeten sie sich regelmäßig. Mit der Zeit fing sie an ihn zu mögen und er sie auch. Könnte mehr daraus werden? Ihre Kolleginnen im Schnellrestaurant würden es ihr so sehr wünschen, trug Sara doch ein schweres Schicksal, etwas Ausgleich wäre schön.

Doch eines guten Tages kam er nicht mehr. Sara verzweifelte. Hatte sie etwas falsch gemacht? Hatte sie sich falsche Hoffnungen gemacht? Hat er es nicht ernst gemeint? Oder war ihm etwas zugestoßen? Es verging eine Woche, er kam nicht. Sara wurde immer unruhiger... sie verzweifelte... sie hatte Angst um ihn... sie musste etwas unternehmen. Sie fuhr die Hotels und Restaurants ab, in denen er verkehrte, sie fuhr die Börsenplätze und Büros ab.

Plötzlich blieb sie vor dem Eingang des Wellington-Hotels stehen, sie traute ihren Augen nicht. John stieg mit zwei Frauen in bester Feierlaune aus dem Taxi aus. Sie gingen in dieses noble Hotel. Aber im letzten Moment konnte John noch erkennen, dass Sara am Eingang stand. Für sie brach eine Welt zusammen! Warum nur! Sie liebte ihn doch! Er sprach doch auch von Liebe! Jedenfalls sagte er es immer. Was ist passiert?

Sara hatte schlimme Stunden... sie verzweifelte... sie dachte an... NEIN! Da waren noch ihre zu pflegenden Eltern... NEIN, sie musste weiter machen, musste an das Morgen denken! Aber auch John erlebte schlimme Stunden, nachdem er Sara im Hoteleingang erkannt hatte, quälte ihn sein Gewissen, er schickte die beiden Frauen zum Taxi zurück... ging in seine Suite... weinte...

Am darauffolgenden Morgen bekam Sara einen Anruf von ihm. Er bat, ja, er bettelte darum mit ihr reden zu können. Sara gab nach und sagte: „Gut, dann komm' heute Abend zu mir." John kam, setzte sich und wusste nicht wie er anfangen sollte. „Sara, ich war ein Trottel. Ich habe unsere Liebe aufs Spiel gesetzt, nur weil ich mich deinetwegen geschämt habe. Ich habe erkannt, dass geliebt zu werden viel mehr wert ist, als alles Geld der Welt. Kannst du mir verzeihen?"... „Es fällt mir nicht schwer, John, denn ich liebe dich wirklich und von ganzem Herzen." Sie umarmten sich, Tränen flossen... John führte Sara in die Gesellschaft ein, er merkte, was für ein Juwel sie doch gewesen ist, ja, er war und ist sehr stolz auf Sara... Sara und John heirateten.

Sie vergaßen nicht etwa die Vorkommnisse... nein, sie verschwanden durch die aufrichtige Liebe aus ihren Köpfen... fragt man Sara und John heute danach... ... ... sie wissen es nicht mehr...

Aus dem Buch „Krimi & Co.“:

Mord in London

Einsam lief sie durch die Straßen von London. Jane war eine aufgeschlossene, junge Frau, die für ihr Alter von 25 Jahren schon einiges hinter sich gebracht hatte. Sie studierte Physik und war auf dem Weg zu ihrer kleinen Kellerwohnung im Herzen der Londoner East-Ends. Einst wurde diese Straße gebaut, um die große Anzahl von Seidenwebern unterbringen zu können. Heute ist diese Straße das Zentrum der wachsenden Industrie. Jane McNeal lief langsam. Die Straße zu ihrer Wohnung war schlecht beleuchtet und das alte Pflaster lud zum Stolpern ein. Plötzlich hörte sie hinter sich Schritte. Erst gemächlich, dann immer kraftvoller und schneller. Jane bekam Angst. Sie drehte sich um, aber nichts war zu sehen. Sie ging weiter, aber die Angst saß ihr im Nacken. Plötzlich ein dumpfer Schlag, ein leises Aufstöhnen und Jane lag in ihrer Blutlache. Durch diesen Schlag auf den Schädel war sie sofort tot. Die Schritte des Täters verhallten in der Dunkelheit und er verschwand ungesehen.

Inspektor Dennis Hopkins war gerade dabei seinen morgendlichen, starken Kaffee in seinem Büro zu trinken, als ihm die Meldung vom Mord des jungen Mädchens auf den Schreibtisch flatterte. Sein Assistent Jim Laurel und er machten sich auf den Weg zum Tatort. Hopkins hatte kaum geschlafen. Probleme mit seiner Frau raubten ihm den letzten Nerv. Nach so vielen Jahren Ehe nicht verwunderlich, denn seine Frau ist älter als er und hat kein Verständnis, wenn er ständig nur im Büro sitzt und irgendwelche Fälle durchkaut, die nicht gelöst wurden. Jane McNeal lag in ihrem Blut, eine junge Frau, die voller Tatendrang und Lebensmut war. Heimtückisch von hinten erschlagen. Hopkins war entsetzt, er hatte schon viel im Laufe seiner Zeit als

Inspektor gesehen, aber da blieb ihm die Luft weg. Er musste wegschauen, denn es war mehr als grausam. Der Schädel des Mädchens war total zertrümmert, sodass die Gehirnmasse austrat. „Bitte sichern sie den Tatort und suchen sie nach Hinweisen, die eventuell auf den Täter schließen könnten.“, sagte Dennis Hopkins. Der Inspektor war schneeweiß im Gesicht als er in seinen fünfzehn Jahre alten Mini Cooper einstieg. Er hing an dem Auto und wollte ihn solange fahren, bis er letztlich komplett auseinander fallen würde. Er konnte einfach nicht glauben, was er gerade gesehen hatte. Ausgerechnet Hopkins lebte mit seiner Frau in der Fournier Street in London, wo Jack the Ripper im 19. Jahrhundert sein Unwesen getrieben haben soll. Eigenartig war es schon. Die ganze Nacht hindurch grübelte er über diesen Fall nach. Am folgenden Morgen im Büro beauftragte er Jim Laurel herauszubekommen, wo das Mädchen wohnte, was es machte und wer mit ihr Kontakt hatte. Die Obduktion der Leiche ergab, dass der Täter brutal vorgegangen war. Hinterrücks erschlug er sie mit einer Eisenstange. Demnach zu urteilen, wie der Schädel aufgeplatzt war, muss es ein Gegenstand aus Eisen gewesen sein. Hopkins war fassungslos. So ein brutales Vorgehen ist ihm in seiner ganzen Laufbahn als Kriminaloberinspektor noch nicht untergekommen. Wer war der Täter? Wie sah er aus? Wo war er zu finden? So schnell wie möglich musste dieses Monster gefasst werden.

Vorsichtig klopfte Jim Laurel um die Mittagszeit an die Bürotür seines Chefs, denn dieser hatte die Angewohnheit, um diese Zeit in seinem Sessel ein Nickerchen zu machen. Hopkins rief: „Herein! Kommen sie endlich rein Jim." Laurel trat ein und platze auch direkt heraus mit den Informationen. Jane McNeal war Studentin, ledig, wohnte ganz allein, hatte aber einige Studienbekanntschaften und ging regelmäßig in die Kirche. Pater Tom Watson nahm ihr regelmäßig die Beichte ab. Sie war in einem sehr konservativen Elternhaus aufgewachsen. Alle gingen dort in die Kirche. Das Beichten gehörte dazu. Dennis Hopkins wurde ungehalten und ranzte Laurel an: „Schön und gut, mehr haben sie nicht herausbekommen?“ Jim antwortete: „Nein, fürs Erste ist es das. Aber ich bleibe dran und werde sie informieren, sobald ich mehr in Erfahrung gebracht habe.“ Hopkins entschuldigte sich für seinen schroffen Tonfall und sagte: „Dieser Mord geht an die Grenze meines klaren Verstandes. Da ich sowieso in ein paar Wochen in Rente gehe, werde ich mich sofort nach Aufklärung des Falles zur Ruhe setzen.“ Laurel konnte Hopkins in dieser Hinsicht verstehen. „Wissen Sie eigentlich Jim, dass sie mein Nachfolger werden?“, sprach Dennis Hopkins. Ungläubig schüttelte Laurel den Kopf und stotterte: „Neeein? Ich dachte es...“ Mit einem Grinsen im Gesicht sagte Hopkins darauf: „Ach Mensch, wenn sie schon anfangen zu denken.“

Das Telefon klingelte. Die Pathologie meldete sich mit einer interessanten

Neuigkeit. Der Gegenstand mit dem Jane erschlagen wurde, muss eine spitze, lange Unterkante gehabt haben. Nicht, wie man erst vermutete eine Eisenstange, sondern eher eine Tatwaffe aus Holz. Das hilft wohl auch nicht direkt weiter, aber immerhin besser als nichts, meinte Hopkins. Laurel fand noch ein paar Tage später heraus, dass Jane kaum Freunde hatte, da sie sich total in ihrer Wohnung nach den Vorlesungen einigelte. Was wohl auffällig war, dass sie einmal in der Woche zum Beichten ging. Einer Nachbarin fiel auf, dass das Mädchen sehr blass war und ständig mit dem Blick nach unten einherging. Dennis Hopkins hörte sich an, was Jim zu sagen hatte und legte den Hörer auf. Der Inspektor und sein Assistent besprachen Pater Tom Watson mal einen Besuch abzustatten. Watson lebte sehr zurückgezogen auf einem alten Landsitz. Er hatte niemanden. Inspektor Hopkins und sein Assistent Jim Laurel bekamen die Informationen vom örtlichen Pfarramt. „Aber was soll Watson schon für

Informationen haben? Was weiß er schon?", spekulierte der Inspektor.

Am Tag darauf fuhren Beide zum Landsitz des Paters. Watson war ein untersetzter, kleiner Mann. Lief ständig mit gefalteten Händen herum. Eigentlich eine nichtssagende Gestalt. Das alte Haus indem Watson lebte, war alt und hatte schon fast etwas Unheimliches. Die Beamten klopften an und baten mit dem Pater sprechen zu können. Tom Watson bat sie herein und fragte: „Was kann ich für sie tun?" Er war offensichtlich sehr nervös, was den Kriminalbeamten sofort auffiel. „Nun mal ganz sachte. Wir haben ein paar Fragen. Wissen sie eigentlich, dass Jane McNeal, eine Studentin, die regelmäßig von ihnen die Beichte abgenommen bekam, ermordet wurde?", sagte Laurel. Watson stotterte: „Nein..." Kaum unauffällig benahm sich der Pater. Hopkins und Laurel hatten vorläufig keine Fragen mehr und verabschiedeten sich erst mal höflich. Im Auto sagte Dennis Hopkins: „Ich kann mir nicht helfen Jim, aber irgendwie kommt mit der Pater verdächtig vor.“, Jim antwortete: „Den Eindruck hatte ich auch. Aber was können wir ihm vorhalten? Angeblich war er immer hier in seinem Haus.“ Beide waren sich sicher, hier würde etwas nicht stimmen. Laurel und Hopkins machten Feierabend, denn das was beide dachten, wollten sie vorläufig für sich behalten. Es konnte einfach nicht sein.

Am nächsten Tag flatterten neue Untersuchungsergebnisse dem Inspektor auf dem Schreibtisch. Seine Laune war genau so mies wie das Wetter in London. McNeal wurde nicht brutal erschlagen, sondern auch noch vergewaltigt. Warum musste ein junger Mensch sterben, damit ein Perverser sein Vergnügen hatte? Jim Laurel hatte keine neuen Erkenntnisse. Dennis Hopkins grübelte über seine Pension nach. Sollte wieder ein Fall als ungelöst auf seinem Schreibtisch landen? Nein, das durfte nicht sein, nicht dieser grausame Mord. Er musste noch, bevor er ging, den

Mörder finden. Laurel und Hopkins besprachen das weitere Vorgehen. Keine Zeugen, keine Freunde des Mädchens. Was blieb da noch? Pater Watson? „Um Gottes Willen, das kann nicht sein...“, dachte Jim. Am anderen Tag besuchten die beiden Beamten noch einmal Pater Watson, aber sie kamen nicht weiter. Wieder im Büro angekommen lag eine Nachricht für Hopkins auf dem Schreibtisch. Die Pathologie hatte sich noch einmal gemeldet. In den Resten des Schädels von Jane McNeal befand sich ein etwas dickerer Holzsplitter älteren Datums. Das heißt, die Tatwaffe muss aus Holz gewesen sein. Das Holz selbst ist, so unglaublich es klingen mag, auf das 16. Jahrhundert datiert worden. Hopkins schoss etwas durch den Kopf, was er aber sofort wieder verwarf. „Nein, das geht nicht.“, dachte er. Tom Watson hielt gerade eine Messe als Hopkins und Laurel in die Kirche traten und sich hinten auf die Kirchbank setzten. Alles wurde still. Aber die Beamten blieben sitzen und sagten kein Ton. Pater Watson wurde sichtlich nervös als er beide sah. Unauffällig leierte er seine Predigt herunter und setzte sich dann auf die hintere Bank zu den Polizisten. Wiedermal verlief das Gespräch ergebnislos und die beiden Beamten wussten wirklich kein Rat mehr.

Im Büro angekommen analysierten beide noch einmal den Fall. Hopkins sprach: „Jim, lass uns mal ganz logisch und cool an die Sache herangehen." Jim antwortete verwirrt: „Wie meinst du das?" Hopkins erklärt: „Hast du in der Kirche das Kreuz gesehen, was über dem Altar hing? Ist dir denn nichts aufgefallen? Das Kreuz sah ganz schön ramponiert aus. Da fehlte ein gehöriges Stück." Hopkins rief in der Pathologie an und forderte schnellstmöglich die Lieferung des Holzstückes zu seinem Büro an. Seine Frau rief ausgerechnet jetzt an und machte ihm eine Szene am Telefon, dass er schon wieder so lange im Büro bleibe. Dennis wurde sauer. „Was denkst du denn, was ich hier mache verdammt nochmal? Ein junges Mädchen ist auf brutalste Weise ermordet worden und du keifst mich an! Nein, ich bleibe hier im Büro bis ich Klarheit habe. Wenigstens diesen Fall muss ich noch zu Ende bringen, bevor ich in Pension gehe.“, sprach Watson zu seiner Frau. Damit war für ihn das Gespräch beendet. Inspektor Hopkins schlief vor Übermüdung an seinem Schreibtisch ein. „Hallo Dennis, guten Morgen.“, rief Laurel. Hopkins schreckte hoch. „Jim, du glaubst nicht, welche Entdeckung ich heute Nacht gemacht habe.“, sagte Hopkins. Dennis fuhr fort: „Du erinnerst dich an das Kreuz aus der Kirche? Das Stück Holz was dort fehlt, könnte das Teil aus der Pathologie sein. Wir nehmen das Holzstück jetzt mit zu Watson.“ Sie fuhren los. Bis zum Wohnhaus des Paters waren es wenige Kilometer. Watson war zu Hause. Er sah die beiden Polizisten und machte bereitwillig die Tür seines Landhauses auf. Der Pater glaubte immer noch mit einem blauen Auge davon zu kommen. Er war sich seiner Sache sicher. „Der Tod des Mädchens trat zwischen 14 und 16 Uhr am Nachmittag ein. Um diese

Zeit sind sie nicht in der Kirche oder ihrem Haus gewesen. Das ergaben unsere Nachforschungen.“, erklärte Hopkins. „Schön und gut, aber was wollen sie damit sagen?“, fragte Watson. „Wir brauchen ein Alibi, lieber Pater. Wo waren sie? Außerdem ergab die Untersuchung der Leiche, dass Jane McNeal vergewaltigt wurde. Das Holzkreuz in der Kirche ist an der Unterseite zersplittert. Genau dieses Stück was dort fehlt, steckte im Kopf des Mädchens. Was sagen sie dazu, Watson? Jetzt bringt leugnen nichts mehr.“, sprach Hopkins. Erschrocken antwortete der Pater: „Ich.., ich... habe mit dem Mord nichts zu tun!“ Er zögerte, aber fing schließlich an und erklärte, dass er Jane einmal in der Woche die Beichte abnahm. „Sie war attraktiv, auch für mich. Dann musste ich ihr einfach nachgehen, erschlug sie von hinten und vergewaltigte sie danach. Bitte nehmen sich mich fest, was ich tat war des Teufels. Ich will nicht mehr leben.“, gestand. Jim Laurel rannte aus dem Haus, er musste sich übergeben. Das war zu viel für ihn.

Pater Tom Watson wurde lebenslänglich eingesperrt und starb im Alter von 80 Jahren.